U0689216

Albert Camus*

局外人

L'Étranger

〔法〕阿尔贝·加缪 著

李玉民 译

浙江文艺出版社
Zhejiang Literature & Art Publishing House

图书在版编目(CIP)数据

局外人 / (法)阿尔贝·加缪著；李玉民译.
杭州：浙江文艺出版社, 2025. 4. -- ISBN 978-7
-5339-7747-4

Ⅰ. I565.45
中国国家版本馆CIP数据核字第2024XN1253号

责任编辑	王莎惠　周　易	营销编辑	张　苇
责任印制	吴春娟	数字编辑	姜梦冉　诸婧琦
封面设计	公主不想打工了	责任校对	陈　玲

局外人

[法]阿尔贝·加缪 著　李玉民 译

出版发行	浙江文艺出版社
地　　址	杭州市环城北路177号
邮　　编	310003
电　　话	0571-85176953(总编办)
	0571-85152727(市场部)
制　　版	浙江新华图文制作有限公司
印　　刷	浙江新华印刷技术有限公司
开　　本	880毫米×1230毫米　1/32
字　　数	79千字
印　　张	4.125
插　　页	5
版　　次	2025年4月第1版
印　　次	2025年4月第1次印刷
书　　号	ISBN 978-7-5339-7747-4
定　　价	52.00元

版权所有　侵权必究

目录

第一部

一

妈妈今天死了。也许是昨天，我还真不知道。我收到养老院发来的电报："母去世。明日葬礼。敬告。"这等于什么也没有说。也许就是昨天。

养老院坐落在马伦戈，距阿尔及尔八十公里的路程。我乘坐两点钟的长途汽车，这个下午就能抵达，也就赶得上夜间守灵，明天傍晚可以返回了。我跟老板请了两天假，有这种缘由，他无法拒绝。看样子他不大高兴，我甚至对他说了一句："这又不怪我。"他没有搭理。想来我不该对他这样讲话。不管怎样，我没有什么可道歉的，倒是他应该向我表示哀悼。不过，到了后天，他见我戴了孝，就一定会对我有所表示。眼下，权当妈妈还没有死。下葬之后就不一样了，那才算定案归档，整个事情就会披上更为正式的色彩。

我上了两点钟的长途汽车。天气很热。我一如往常，在塞莱斯特饭馆吃了午饭。所有人都为我感到难过，塞莱斯特还对我说："人只有一个母亲。"我走时，他们都送我到门口。我有点儿丢三落四，因为我还得上楼，去埃马努埃尔家借黑领带和黑纱。几个月前他伯父去世了。

怕误了班车，我是跑着去的。这样匆忙，跑得太急，再加上旅途颠簸和汽油味，以及道路和天空反光，恐怕是这些缘故，我才昏昏沉沉，差不多睡了一路。我醒来时，发觉靠到一名军人身上，而他朝我笑了笑，问我是否来自远方。我"嗯"了一声，免得说话了。

从村子到养老院，还有两公里路，我徒步前往。我想立即见妈妈一面。可是门房对我说，先得见见院长。而院长碰巧正有事儿，我只好等了一会儿。在等待这工夫，门房一直说着话，随后我见到了院长，他在办公室接待了我。院长是个矮小的老者，身上佩戴着荣誉团勋章。他用他那双明亮的眼睛打量我，然后握住我的手，久久不放，弄得我不知该如何抽回来。他查了一份档案材料，对我说道："默尔索太太三年前住进本院。您是她唯一的赡养者。"听他的话有责备我的意思，我就开始解释。不过，他打断了我的话："您用不着解释什么，亲爱的孩子。我看了您母亲的档案。您负担不了她的生活费用。她需要一个人看护。而您的薪水不高。总的说来，她在这里生活，更加称心如意些。"我附和道:"是的,院长先生。"他又补充说:"您也知道,她在这里有朋友,是同她年岁相仿的人。她跟他们能有些共同兴趣,喜欢谈谈从前的时代。您还年轻,跟您在一起,她会感到烦闷的。"

这话不假。妈妈在家那时候,从早到晚默不作声,目光不离我的左右。她住进养老院的早些日子,还经常流泪。但那是不习惯。住了几个月之后,再把她接出养老院,她还会哭天抹泪,同样是不习惯了。这一年来,我没怎么来养老院探望,也多少是这个原因。当然也是因为,来探望就得占用我的星期天——还不算赶长途汽车,买车票,以及步行两个小时。

院长还对我说了些话,但是我几乎充耳不闻了。最后他又对我说:"想必您要见见母亲吧。"我什么也没有讲,就站起身来,他引领我出了门,在楼梯上,他又向我解释:"我们把她抬到我们这儿的小小停尸间了,以免吓着其他人。养老院里每当有人去世,其他人两三天都惶惶不安。这就给服务工作带来很大不便。"我们穿过一座院落,只见许多老人三五成群地在聊天。在我们经过时,他们就住了口,等我们走过去,他们又接着交谈。低沉的话语声,就好像鹦鹉在聒噪。到了一幢小房门前,院长就同我分了手:"失陪了,默尔索先生。有什么事儿到办公室去找我。原则上,葬礼定在明天上午十点钟。我们考虑到,这样您就能为亡母守灵了。最后再说一句:您母亲似乎常向伙伴们表示，希望按照宗教仪式安葬。我已经全安排好了，不过，还是想跟您说一声。"我向他表示感谢。妈妈这个人，虽说不是无神论者，可是生前从未顾及过宗教。

我走进去。堂屋非常明亮，墙壁刷了白灰，顶上覆盖着玻璃天棚。厅里摆放几把椅子和几个呈X形的支架。正中央两个支架上放着一口棺木，只见在漆成褐色的盖子上，几根插进去但尚未拧紧的螺丝钉亮晶晶的，十分显眼。一个阿拉伯女护士守在棺木旁边，她身穿白大褂，头戴色彩艳丽的方巾。

这时，门房进来了，走到我身后。估计他是跑来的，说话还有点儿结巴："棺木已经盖上了，但我得拧出螺丝，好让您看看她。"他走近棺木，却被我拉住了。他问我："您不想见见？"我回答说："不想。"他也就打住了，而我倒颇不自在了，觉得自己不该这么说。过了片刻，他瞄了瞄我，问道："为什么呢？"但是并无责备之意，看来只是想问一问。我说道："我也不清楚。"于是，他捻着白胡子，眼睛也不看我，郑重说道："我理解。"他那双浅蓝色眼睛很漂亮，脸色微微红润。他搬了一把椅子给我，自己也稍微靠后一点儿坐下。女护士站起身，朝门口走去。这时，门房对我说："她患了硬性下疳①。"我听不明白，便望了望女护士，看到她头部眼睛下方缠了一圈绷带，齐鼻子的

---

① 下疳即性病，分硬性和软性。硬性下疳是梅毒初期病症，生殖器、舌、唇、鼻等形成溃疡，病灶底部坚硬而不痛。

部位是平的。看她的脸，只能见到白绷带。

等护士出去之后，门房说道："失陪了。"不知我做了什么手势，他就留下来，站在我身后。身后有人让我不自在。满室灿烂的夕照。两只大胡蜂嗡嗡作响，撞击着玻璃天棚。我感到睡意上来了。我没有回身，对门房说："您到这儿做事很久了吧？"他接口答道："五年了。"就好像他一直在等我问这句话。

接着，他又絮叨了半天。当初若是有人对他说他最后的归宿就是在马伦戈养老院当门房，他准会万分惊诧。现在他六十四岁了，还是巴黎人呢。这时，我打断了他的话："哦，您不是本地人？"随即我就想起来，他引我到院长办公室之前，就对我说起过我妈妈。他曾对我说，务必尽快下葬，因为平原地区天气很热，这个地区气温尤其高。那时他就告诉了我，从前他在巴黎生活，难以忘怀。在巴黎，守在死者身边，有时能守上三四天。这里却刻不容缓，想想怎么也不习惯，还没有回过神儿来，就得去追灵车了。当时他妻子还说他："闭嘴，这种事情不该对先生讲。"老头子红了脸，连声道歉。我赶紧给他解围，说道："没什么，没什么。"我倒觉得他说得有道理，也很有趣。

在小陈尸间里，他告诉我，由于贫困，他才进了养老院。他自觉身板硬朗，就主动请求当了门房。我向他指出，其实他也是养老院收容的人。他矢口否认。他说话的方式已经让我感到惊讶了：他提起住在养老院的人，总是称为

"他们""其他人",偶尔也称"那些老人",而其中一些人年龄并不比他大。自不待言,这不是一码事儿。他是门房,在一定程度上,他有权管理他们。

这时,女护士进来了。天蓦地黑下来。在玻璃顶棚上面,夜色很快就浓了。门房打开灯,灯光突然明亮,晃得我睁不开眼睛。他请我去食堂吃晚饭。可是我不饿。于是他主动提出,可以给我端来一杯牛奶咖啡。我很喜欢喝牛奶咖啡,也就接受了。不大工夫,他就端来了托盘。我喝了咖啡,又想抽烟,但是不免犹豫,不知道在妈妈遗体旁边抽烟是否合适。我想了想,觉得这不算什么。我递给门房一支香烟,我们便抽起烟来。

过了片刻,他对我说:"要知道,您母亲的那些朋友,也要前来守灵。这是院里的常规。我还得去搬几把椅子来,煮些清咖啡。"我问他能否关掉一盏灯。强烈的灯光映在白墙上,容易让我困倦。他回答我说不可能。电灯就是这样安装的,要么全开,要么全关。于是,我就不怎么注意他了。他出出进进,摆好几把椅子,还在一把椅子上放好咖啡壶,周围叠放着一圈杯子。继而,他隔着妈妈,坐到了我的对面。女护士则坐在里端,背对着我。看不见她在做什么,但是从她的手臂动作来判断,估计她在打毛线。厅堂里很温馨,我喝了咖啡,觉得身子暖暖的,从敞开的房门,飘进夜晚和花卉的清香。想必我打了一个盹儿。

我是被一阵窸窸窣窣的声音弄醒的。合上眼睛,我倒觉得房间白森森的，更加明亮了。面前没有一点阴影，每个物体、每个凸角，所有曲线、轮廓都那么分明，清晰得刺眼。恰好这时候，妈妈的朋友们进来了。共有十一二个人，他们在这种晃眼的灯光中，静静地移动，落座的时候，没有一把椅子发出咯吱的声响。我看任何人也没有像看他们这样，他们的面孔，或者他们的衣着，无一细节漏掉，全看得一清二楚。然而，我听不到他们的声音，而且不怎么相信他们真实存在。几乎所有女人都系着围裙，扎着腰带，鼓鼓的肚腹更显凸出了。我还从未注意过，老妇人的肚腹能大到什么程度。老头子几乎个个精瘦，人人拄着拐杖。令我深感惊异的是，我看不见他们的眼睛，只在由皱纹构成的小巢里见到一点黯淡的光亮。他们坐下之后，大多数人瞧了瞧我，拘谨地点了点头，嘴唇都瘪进牙齿掉光的嘴里，让我闹不清他们是向我打招呼，还是面部肌肉抽搐一下。我情愿相信那是他们跟我打招呼。这时我才发觉，他们全坐到我对面，围了门房一圈儿，一个个摇晃着脑袋。一时间，我有一种可笑的感觉：他们坐在那里是要审判我。

过了片刻，一个老妇人开始哭泣。她坐在第二排，被前面一个女伴挡住，我看不清楚。她小声号哭，很有节奏，让我觉得她永远也不会停止。其他人都好像没有听见似的。他们都很颓丧，神情黯然，默默无语。他们的目光注视着棺木或者他们的拐杖，或者随便什么东西，而且目不转睛。那老妇人一直在哭泣。我很奇怪，我并不认识她，真希望她不要再哭了，可是又不敢跟她说。门房俯近身去，对她说了什么，但是她摇了摇头，咕哝了两句话，又接着哭泣，还是原来的节奏。于是，门房走到我这边来，坐到我旁边。过了好半天，他才向我说明情况，但是并不正面看我："她同您的母亲关系非常密切。她说您母亲是她在这里唯一的朋友，现在她一个朋友也没有了。"

我们就这样待了许久。那女人唏嘘哭泣之声间歇拉长，但是还抽噎得厉害，终于住了声。我不再困倦了，只是很疲惫，腰酸背痛。现在，所有这些都沉默了，而这种静默让我难以忍受。只是偶尔听到一种特别的声音，都弄不明白是怎么回事儿。时间一长，我终于猜测出来，有几个老人在咂巴口腔，发出这种奇怪的啧啧声响。他们本人并没有怎么觉察，全都陷入沉思了。我甚至有这种感觉，躺在他们中间的这位死者，在他们看来毫无意义。现在想来，那是一种错觉。

我们都喝了门房倒的咖啡。后来的情况我就不知道了。一夜过去了。现在想起来，一时间我睁开眼睛，看见所有老人都缩成一团在睡觉，只有一个例外：他下巴颏儿托在拄着拐杖的手背上，两眼直直地看着我，就好像单等我醒来似的。继而，我又睡着了。我醒来是因为腰越来越酸痛了。晨曦悄悄爬上玻璃顶棚。稍过一会儿，一位老人醒来，咳嗽了老半天。他往方格大手帕上吐痰，每吐一口，就好像硬往外掏似的。他把其他人都闹腾醒了，门房说他们该走了。他们都站起身。这样不舒服地守了一夜，他们都面如土灰。令我大大惊奇的是，他们走时，都挨个跟我握手——这一夜我们虽然没有交谈一句话，但一起度过似乎促使我们亲近了。

我很疲倦。门房带我去他的住处，我得以稍微洗漱了一下，还喝了味道很好的牛奶咖啡。我从他那儿出来，天已大亮了。在马伦戈与大海之间的山丘上方，天空一片红霞。海风越过山丘，送来一股盐味。看来是一个晴好的天气。我很久没有到乡间走走了，如果没有妈妈的丧事，我能去散散步会感到多么惬意。

可是，我却在院子里一棵梧桐树下等待。不过，我呼吸着泥土的清新气息便清除了困意。我想到办公室的同事们，此刻他们起了床，准备去上班：对我而言，这一刻总是最难受的。我还略微考虑了一下这些事儿，但是楼房里响起一阵钟声让我分了神。窗户里传出一阵忙乱的声响，随后又全肃静下来。太阳渐渐升高，开始晒热我的双脚了。门房穿过院子来对我说院长要见我。我走进院长办公室，他让我在好几份单据上签了字。我看到他穿着黑色礼服、长条纹裤子。他拿起电话，抽空询问我："殡仪馆的人到了有一会儿了。我要请他们来合棺。合棺之前，您想不想再看您母亲最后一眼？"我说不必了。于是他压低声音，在电话里吩咐道："费雅克，告诉那些人可以去做了。"

然后，他对我说自己要参加葬礼，我向他表示感谢。

他坐到办公桌后面，交叉起两条短腿。他事先向我打招呼，送葬的只有我和他两个人，再加上出勤的女护士。原则上，院里的老人都不准参加葬礼，他只是让他们守灵。"这是个人的问题。"他强调说。不过这一次，他准许妈妈的一位老友——"托马斯·佩雷兹"去送葬。说到这里，院长微微一笑，对我说道："您也理解，这种感情带点儿孩子气。他和您母亲还真的总相陪伴，不大离开。养老院里的人都开他们玩笑，对佩雷兹说：'那是您的未婚妻。'他就呵呵笑起来。默尔索太太的去世，确实给他的打击很大。我认为不应该拒绝让他送一程。不过，按照保健医生的建议，昨晚我就不准他守灵了。"

我们待了许久没有说话。院长站起身，向办公室窗外张望。有一阵，他还观察到："马伦戈的本堂神父已经到了。他提前来了。"他预先告诉我，教堂坐落在村子里，少说也要三刻钟才能走到。我们下楼去。本堂神父和唱诗班的两名儿童在楼前等待。一名儿童手上捧着香炉，而本堂神父俯下身，正给他调好银链的长度。我们一到，神父就直起身来，他管我叫"我的孩子"，跟我说了几句话。他走进灵堂，我跟在身后。

我一眼就看到棺盖上的螺丝都拧下去了，厅堂里站着四个黑衣人。我听见院长对我说，灵车停在路上等候；同时又听到神父开始祈祷了。从这一时刻起，一切都进展得非常快。那四个人扯着枢单，朝棺木走去。神父及其随从，院长和我本人，都走出了厅堂。门外站着一位素不相识的女士。院长介绍："默尔索先生。"但是那位女士的名字，我没有听见，只明白她是派来的护士。她那长脸瘦骨嶙峋，微微点一下头，没有一丝笑容。然后，我们站成一排，让抬着灵柩的人过去。我们跟在灵柩后面，走出了养老院。灵车停在大门外，呈长方形，漆得油亮，真像个文具盒。灵车旁边跟着两个人，一个是身形矮小、衣着滑稽可笑的殡葬司仪，另一个是举止做作的老者，我明白他便是佩雷兹先生了。他头戴圆顶宽檐软毡帽（灵柩抬出门时，他摘下帽子），身穿一套西服，裤子呈螺旋形卷在皮靴上面，领口肥大的白衬衣上，扎着一个小小的黑领结。他的嘴唇不停地颤抖，而鼻子上布满黑斑点；白发细软，露出两只晃晃荡荡的奇特耳朵，耳轮极不规整，呈现血红色，与苍白面孔的反差，给我留下强烈的印象。殡葬司仪给我们安排各自的位置。本堂神父走在前头，随后是灵车，由四名黑衣人围护，院长和我跟在灵车后面，收尾的是委派护士和佩雷兹先生。

太阳当空，已经铺天盖地压下来，温度迅速升高。我实在不明白，我们为什么等待了这么长时间才出发。我穿着深色外装，觉得很热了。那个重又戴上帽子的矮个儿老者，帽子又摘下来了。我略微扭头瞧他。这时，院长向我谈起他，说我母亲和佩雷兹先生由一名女护士陪同，傍晚经常去散步，一直走到村子。我望了望四周的田野，只见成行的柏树延伸到天边的山丘上，柏树之间透露出这片红绿相间的土地、这些稀稀落落如画的房舍，于是我理解妈妈了。在这个地方，傍晚时分，该是放松心情而感伤的时刻。然而今天，太阳暴烈，晒得景物直战栗，显得毫无人性，大煞风景。

我们终于上路了。这时我才发觉，佩雷兹走路稍有点儿瘸。灵车行驶渐渐加速，老人就慢慢落单了，围护灵车的人也有一个落后，现在与我并行了。太阳在天空飞升得如此迅疾，令我甚感诧异。我这才发现，田野里虫鸣和青草的摇动声早已响成一片。汗水在我脸颊流淌。我没戴帽子，只好拿手帕扇风。殡仪馆的那名职员忽然对我说了句什么，我没有听清。他说话的同时，用右手微微推起鸭舌帽檐，左手拿手帕擦了擦额头。我对他说："什么？"他指了指天，重复道："真烤人啊。"我说："对。"过了一会儿，他问我："那里面是您母亲吧？"我还是说："对。""她老了吗？"我回答："差不多吧。"只因我不知道她的确切年龄了。随后，他就住了声。我回头望去，只见佩雷兹老头落下有五十米远了；他急着往前赶，用力扇着毡帽。我也瞧了瞧院长。他走路十分庄重，没有一点多余的动作。他的额头闪动着几滴汗珠，但他并不擦拭。

我觉得送葬的队伍行进得稍微快了些。我周围总是同样的田野，通明透亮，灌足了阳光。强烈的天光让人受不了。有一阵子，我们经过一段新翻修的公路。太阳晒得柏油路面鼓胀起来，一脚踩下去就陷进去，翻出亮晶晶的路浆。坐在灵车上面的车夫戴的那顶帽子，仿佛是用在这种泥浆里揉过的熟皮制作的。头上蓝天白云，下面色彩单调：翻出来的黏糊糊的柏油路浆呈黑色，衣服暗淡一抹黑，灵车漆成黑色，我置身这中间，不禁有点晕头转向。烈日、皮草味、马粪味、油漆味、焚香味，这一切再加上一夜未眠的疲倦，搞得我头昏眼花。我再次回过头去，觉得佩雷兹离得很远了，在熏蒸的热气中若隐若现，继而再也看不见了。我举目搜寻，看见他离开了大路，从田野斜插过来。我也看到，公路在前面拐弯了，从而明白佩雷兹熟悉当地，要抄近路赶上我们。他在拐弯处追上我们了。继而，我们又把他丢在后面，他又从田野抄近路追上来，如此反复数次。我感到太阳穴处的血管怦怦直跳。

接下来，事情确定而自然，进展得飞快，现在什么也不记得了。只记得一个情况：到了村口，那个特派的女护士跟我说话了。说话的声音很奇特，同她那张脸极不相称，一种颤巍巍的、悠扬悦耳的声音。她对我说："若是慢慢悠悠地走，就可能中暑。可是走得太快，浑身冒汗，进了教堂又会着凉，患热伤风了。"她说得对，真叫人无所适从。那天的情景，我还保留几点印象，例如：临近村口，佩雷兹最后一次追上我们时的那副面孔。他又焦灼又沉痛，大颗大颗泪珠流到面颊上，但因密布的皱纹阻碍而流不下去，便四下散布开，再聚集相连，在他那张颓丧失态的脸上形成一片水光。还记得教堂和人行道上的村民，墓地坟头上天竺葵绽放的红花，佩雷兹晕倒了（活似散架的木偶），往妈妈的棺木上抛撒的血红色泥土，以及夹杂在泥土中的白色树根，还有那些人、那种嘈杂声音、那座村庄、在一家咖啡馆门前的等待、马达不停的隆隆声，还有长途汽车驶入阿尔及尔灯火通明的市中心时我的那种喜悦，心想马上就能倒在床上，睡上十二个钟头了。

二

我睡醒了才明白，我请两天假时，老板为什么显得不高兴：今天是星期六。当时我却把这茬儿给忘了，起床才想起来。我的老板自然而然会想到，好嘛，加上星期天，也就有了四天假期，这不可能让他开心。不过，一方面，妈妈昨天而不是今天下葬，这又不能怪我；而另一方面，不管怎样，星期六和星期天我总归休息。理儿当然是这个理儿，这并不妨碍我理解老板的反应。

昨日累了一整天，起床时感到很吃力。我刮脸的时候，心里还琢磨干点儿什么好，最后决定去洗海水浴。我上了有轨电车，前往港口海水浴场。到了地方，我便一头扎进泳道里。有许多年轻人来游泳。我在水里碰见玛丽·卡多纳，我的办公室从前的打字员，当时我对她还挺有意。现在想来，她也同样。但是，她没干多久就走人了，我们也就来不及发展关系。我帮她爬上一个浮标，趁扶她的时候，摸了一把她的乳房。我还在水里，她已经趴在浮标上了。她朝我转过身来，头发遮住眼睛，咯咯笑个不停。我也爬上浮标，躺在她身边。天气晴好，我权当开玩笑似的，脑袋往后一仰，就枕在她的肚子上了。她什么也没有说，我也就这样安心躺着。满眼无际的天空，蔚蓝而金光灿烂。我感到玛丽的肚子在我的脖颈儿下面微微跳动。我们半睡半醒，在浮标上待了许久。等太阳烤得太厉害时，她就扎进水里，我紧随其后。我追上去，搂住她的腰，我们便相偕共游。她还一个劲儿地笑。上了码头，我们擦干身子时，玛丽对我说："我晒得比你黑。"我问她晚上愿不愿意去看电影。她又笑了，对我说她想去看一部费尔南德尔①主演的片子。等我们穿好衣服，她看到我扎黑领带时非常惊讶，就问我是否戴孝。我对她说妈妈死了。她又想知道是什么时候的事儿，我回答说："昨天的事儿。"她略微后撤，但是没有提出任何异议。我倒很想对她说，这不能怪我，但是欲言又止，忽然想到这话我已经对老板讲过了。这样说毫无意义。归根结底，人总难免有点儿错。

　　到了晚上，玛丽已经把这事儿忘得一干二净。影片不

---

① 费尔南德尔（Fernandel, 1903—1971），法国喜剧演员。参与拍摄上百部影片，主演了由法国喜剧大师帕尼奥尔导演的七部影片。主要作品有《安吉尔》《再生草》《挖井人的女儿》《五脚绵羊》《阿里巴巴和四十大盗》《侠探神父的小世界》等。

时有滑稽可笑的场面，但实在很荒唐。她的腿偎着我的腿。我抚摸着她的乳房。电影快演完时，我亲吻了她，但是很不得劲。从影院出来，她一起回我家了。

我一觉醒来，玛丽已经走了。她早就有话在先，要去她姨妈家。我想到正逢星期天，心里就烦得慌：我不爱过星期天。于是，我在床上翻了个身，在枕头上细闻玛丽的头发留下的咸味，一直睡到十点钟。接着，我就吸烟，在床上一直躺到中午。我不愿意像平时那样，去塞莱斯特饭馆用餐，因为那里的熟人肯定要问这问那，我可不喜欢应付那种局面。我自己煮了几个鸡蛋，直接在托盘上吃了，没吃面包，家里没有了，又不想下楼去买。

吃完了饭，我有点儿烦闷，就在房间里游荡。妈妈在这儿的时候，这套房子挺合适，现在我一个人住，就显得太大了，我只好把餐厅里的桌子移到卧室里。我只在这间屋里生活，家具只有几把有点儿塌陷的草垫椅子、一个镜子发黄的大衣柜、一张梳妆台和一张铜床。余下的房间都废弃不用了。过了一会儿，为了找点儿事干，我就拿起一份旧报读起来。克鲁申盐业公司发了一则广告，我就当作有趣的剪报，剪下来集中贴在一个旧笔记本上。我洗了洗手，最后来到阳台。

我的房间正对着城郊的主要大街。下午天气晴朗。不过，铺石路面湿滑，行人寥寥，而且脚步匆匆。我先是看到上街散步的一家人，两个穿着水手衫的小男孩，短裤长过膝盖，全身挺直，举止有点儿拘板了；还有一个小女孩，头上扎着粉红色大蝴蝶结，脚下穿一双锃亮的黑皮鞋；母亲跟在孩子的后面，她身体肥大，穿着栗色丝绸连衣裙；而父亲身材矮小，又相当瘦弱，看着眼熟，他头戴扁平狭檐草帽，领口扎着蝴蝶结，拿着手杖。看着他同妻子一起散步，我就明白了为什么在这个街区，有人说他很有风度。过了半晌，城郊青年陆续走过，他们油头粉面，打着大红领带，上衣紧箍身子，绣了花，脚穿方头大皮鞋。估计他们是去市中心，因此，他们早早动身，嘻嘻哈哈笑着，急忙赶有轨电车。

年轻人过去之后，街上行人就眼见稀少了。想必各种演出都已经开始。街面上只剩下店铺老板和猫了。天空无云，但是阳光透过街道两旁的榕树，并不那么强烈。街对面一家烟铺老板搬出一把椅子，放在店门前的人行道上，跨坐在上面，两条手臂撑着椅背。刚才有轨电车还人满为患，现在几乎空驶了。挨着烟铺的小咖啡馆——"皮埃罗之家"里，小伙计正用锯末子擦拭空荡荡的餐厅。好一派星期天的景象。

我掉转椅子，像烟铺老板那样骑上，觉得那种坐姿更舒服些。我抽了两支香烟，又进屋拿了一块巧克力，回到窗口吃起来。不久，天空阴沉了，恐怕要来一场夏季暴雨，然而又渐渐放晴了。不过，乌云飘过时，街道更加昏暗，仿佛预示下雨一般。我久久观望风云变幻。

到了五点钟，几辆电车隆隆驶来，从郊区体育场拉回大批观众：他们有的站在踏板上，有的扶着栏杆。随后驶来的几辆电车，则运回运动员，从他们的小手提箱我就能看出他们的身份。他们大吼大叫，扯着嗓子唱歌，赞颂他们的俱乐部长盛不衰。好几名运动员向我招手，其中一个甚至冲我嚷了一声："战胜他们啦！"我应声"对"，同时点了点头。从这时候起，小汽车蜂拥驶来。

天色又略微向晚。房顶上的天空转为淡红色，随着黄昏渐近，街道也都热闹起来。那些散步者又渐渐回来了。我从人群中认出来那位有风度的先生。孩子们有的哭哭咧咧，有的让大人拖着。本街区的几家电影院，也随即往街上倾泻观众的洪流。观众中间的青年人，比比画画的动作比平时更为坚决，想必他们是看了一部惊险片。从城里电影院回来的人，稍晚一点才到达。他们的神态似乎更凝重。他们还是说笑，但不时显得倦怠，若有所思。他们滞留在街上，在对面的人行道上来回踱步。这个街区的姑娘们都不戴帽子，彼此挽着手臂。小伙子们故意迎面走去，同她们交错而过，抛出打趣的话，她们就扭过头去咯咯地笑。好几位姑娘我都认得，她们跟我打招呼。

这工夫，路灯一下子全亮了，初跃夜空的星星因而黯然失色。总盯着灯光强烈的人行道上的人流，我感到很累眼睛。灯光映得潮湿路面明晃晃的，而间隔时间均匀驶过的电车，车灯映现油亮的头发、一张笑脸，或者一只银手镯。过了不久，电车渐渐稀少了，在树木和路灯的上方，夜色弥漫，已经漆黑一片了。不知不觉中，已经人去街空了，以至出现第一只猫，慢慢腾腾穿过重又空旷的街道。于是我想到该吃晚饭了。我俯在椅背上坐了太久，脖子有点儿酸痛。我下楼去买了面包和果酱，自己做了点儿菜，就站着吃饭了。我想到窗口抽支香烟，但是夜晚凉了，我觉得有点儿冷。我关上所有窗户，返身回来，在衣镜里瞧见桌子的一角，桌上并排放着酒精灯和几片面包。我不免想道：又过了一个绷得很紧的星期天，妈妈现已入土为安，我又要去上班，总而言之，生活毫无变化。

三

今天上班，我努力工作。老板也和蔼可亲，问我是否太累了，还想知道妈妈的享年。我说"六十来岁"，以免出错。不知道为什么，看样子他松了一口气，似乎认为总算了结了一件事。

我的办公桌上堆了一大摞提货单，要由我一一检验。离开办公室去吃午饭之前，我洗了手。中午，我很喜欢这一刻，傍晚下班，我就不大喜欢了，只因转动的公用毛巾，用了一天完全湿了。有一天，我还提醒老板这件事。他回答说，这情况实在遗憾，但毕竟是无关紧要的小事儿。我出去晚了一点儿，十二点半了，同发货部的埃马努埃尔一起走走。办公室朝向大海，在骄阳似火的港口，我们观望了一会儿停泊的货轮。这时，一辆卡车开来，挟裹着哗啦啦的铁链声响和轰隆隆的马达爆声。埃马努埃尔问我："搭车去好不好？"于是我跑起来。卡车驶过去了，我们就拼命追赶。我被嘈杂声和尘土给淹没了，什么也看不见了，只感到奔跑的这股不协调的冲劲儿，周围闪过绞车、机器，以及远海上跳动的桅杆和一路经过的船体。我头一个抓住卡车，飞身上去，再把埃马努埃尔拉上车，坐了下来。我们都气喘吁吁。卡车在高低不平的码头铺石路上颠簸，笼罩着尘土和阳光。埃马努埃尔笑得喘不上气来。

我们到达塞莱斯特饭馆时，浑身都湿透了。塞莱斯特大腹便便，系着围裙，蓄着白胡子，总在那里迎候。他问我"事情还算顺利吧"，我回答说"对"，并且说我真饿了。我吃得很快，又喝了咖啡。然后，我回到家里，因为酒喝得太多，小睡了一会儿，醒来时又特别想抽烟。但是时间晚了，我跑着去赶一辆电车。我工作了一下午。办公室里非常热，傍晚下班出来，便徒步回家，沿着码头慢慢走去，觉得特别惬意。天空一片绿色，我感到欣然自得。不过，我还是直接回家，想要吃煮土豆。

我登上黑暗的楼梯，碰到我同楼的邻居，萨拉马诺老头。他牵着他的狗。看着人和狗相伴，已有八年。这只长毛猎犬患了皮肤病，我认为是原虫性肠炎和肝炎，结果狗毛几乎掉光，皮肤上布满棕色结痂和粗糙的硬皮。萨拉马诺老头跟狗一起生活，长期同居一个小房间，久而久之就相像了：他脸上黄毛稀疏，有许多块淡红色的痂皮；而狗也形成主人的姿态，弓腰驼背，伸长脖子，嘴巴往前探。看样子，他们俩同属一个种类，却相互憎恶。老头子每天遛两次狗，上午十一点和傍晚六点。八年来，他遛狗就没有改变过路线。可以看到人和狗沿着里昂街往前走，狗拖着人，直到萨拉马诺老头绊了一跤。于是，老头子就打狗，狠骂一通。狗吓得匍匐在地，接着让人拖着走。在这种时候，就是老头子牵着狗走了。过了一阵，狗就忘记了，再次跑到前面拖着主人，结果再次挨打挨骂。这样，人与狗就停在人行道上，相互对视，狗吓得要命，人恨得要死。日复一日，天天如此。狗要撒尿时，老头子偏不容它撒完，又硬拉它走，狗尿就滴了一长溜儿。狗若是偶尔把尿撒在屋里，又得挨一顿痛打。这种情况延续了八载。塞莱斯特总说："真够不幸的。"可是归根结底，谁也没法弄清楚。我在楼梯上碰见的时候，萨拉马诺正骂狗呢。他对狗说："混账东西！下流坏！"而狗连声哀吟。我道了声"晚安"，而老头子还一个劲儿地骂狗。于是我就问他，狗怎么惹着他了。他仍旧不应声，只顾骂道："混账东西！下流坏！"看他俯身向狗，我就猜出他要给狗调整一下脖套。我说话提高了嗓门儿，于是，他强忍着怒火，也不转身就回答我说："它在那儿就是不动窝儿。"接着，他就硬拖着狗走，狗哀吟着，被拉着四脚往前滑动。

恰巧这时，我的同楼层的第二位邻居进楼了。街区里传说他吃女人那碗饭。不过，若是有人问起他的职业，他就回答："仓库管理员。"总体来说，不大有人喜欢他。但是，他经常跟我说话，有时还到我家来坐坐，只因我肯倾听，也觉得他讲的事情挺有趣。况且，也没有任何理由不理睬他。他名叫雷蒙·辛泰斯，个头儿相当矮小，肩膀很宽，鼻子塌下去。他的穿戴总是那么讲究。他提起萨拉马诺时，也对我这样说："这还算不上不幸！"他问我，那种样子是不是让我很厌恶，我的回答是否定的。

我们一同上楼，正要分手时，他对我说道："我那儿有香肠，有葡萄酒，您愿意跟我一起吃点儿吗？"我想到这样就省得我做饭了，于是接受了邀请。他也只有一个房间，外带没有窗户的厨房。他的床铺上方摆着一尊白色和粉红色仿大理石的天使雕像，挂着几幅体育冠军照片，以及两三张裸女画片。房间又脏又乱，床铺也没有整理。他先点着煤油灯，再从口袋里掏出一卷不干不净的纱布，将右手包扎起来。我问他怎么弄的，他说跟一个找他麻烦的家伙干了一架。

"您能理解，默尔索先生，"他对我说道，"并不是因为我凶狠，只是脾气太暴。那个家伙对我说：'你若是个男子汉，就从电车上下去。'我对他说：'好了，消停点儿吧。'他又对我说，我不是个男人。于是我下了车，对他说道：'行了，见好就收吧，不然我就打你个鼻青脸肿。'他回我一句：'你敢怎么着？'我一拳打过去，一下子就把他击倒了。我正要上前扶起他，他却从地上踹我几脚。于是我用膝盖一顶，扇了他两个大嘴巴，打得他满脸开花，问他够不够。他回答说够了。"辛泰斯讲述的工夫，包扎他的手。我坐在床上。讲完了，他对我说："您瞧，不是我招惹他，而是他冒犯了我。"这我承认，的确如此。于是他郑重地对我说，他正想就此事向我请教，他看我是条汉子，见过世面，能帮上他的忙。事后他就成为我的哥们儿了。我什么也没说，他又问我是否愿意做他的哥们儿。我说做不做都一样，他便显得高兴起来。他拿出香肠，在炉子上煎好，然后摆上酒杯、盘子、刀叉，还拿上两瓶红葡萄酒。整个过程保持沉默。然后我们就座，在吃饭的时候，他就开始讲述他的事了，起初还颇为犹豫："我认识一位女士……也可以说是我的情妇。"跟他打架的那个男人，就是那女人的兄弟。他对我说，那女人是他包养的。我没有应声，他就紧接着补充道，他了解这个街区的传言，但是他问心无愧。他就是个仓库管理员。

　　"还是扯回我的事上来，"他对我说道，"我发现这里面有骗局。"他供给那女人足够的生活费用，他亲自给她付房钱，每天给二十法郎饭费。"房钱三百法郎，饭费六百法郎，时而还给她买双袜子，算下来就是一千法郎。而女士闲着不工作，总对我说抠得太死，我给她的钱不够花。然而，我对她说过：'你为什么不干活，不出去打半天工呢？

那样的话，所有这些小花销，你就不用我来负担了。这个月我还给你买了一套衣服，每天我给你二十法郎，房费也给你付了，而你呢，下午请一帮女友喝咖啡，用咖啡和白糖招待她们。可我呢，照样给你钱。我对得起你，你却以怨报德。'她就是不工作，总说钱不够花，正因为如此，我才发觉这里面有假。"

于是，他告诉我，他在她的手提包里发现了一张彩票，女人无法向他解释是怎么买来的。过了不久，他又在女人那里发现一张当票，表明她当了两只手镯，而他从来不知道她还有两只镯子。"我算明白了，这里面有骗局。于是，我跟她分了手。不过，我先揍了她一顿，然后才戳穿她那套把戏。我对她说，她的全部愿望，就是享乐。您应当明白，默尔索先生，正如我对她说的：'你看不到大家多么羡慕我提供给你的幸福。以后你就能明白你有过的幸福。'"

他一直把女人打得出了血。他从前没有真打过她。"原先，我只是拍打拍打她，可以说手轻起轻落。她也叫喊两声。我就关上百叶窗。每次都是这样收场。现在这次，真下了狠手。而且我觉得，给她的惩罚还不够。"

于是，他向我解释，就是为这事儿，他需要有人给他出出主意。说着他停下来，调了调烧焦的灯芯。我一直听他讲述，喝下去将近一公升葡萄酒，只觉得太阳穴热乎乎的。我的烟抽完了，就抽雷蒙的香烟。最后几趟电车驶过去，带走的喧闹声远离了城郊。雷蒙还在继续讲述，他烦恼的是，他对他那个姘头还有点儿感情。可是，他想要惩罚她。他先是想到带她去一家旅馆，再叫来"风化警察"，制造一起丑闻，让她作为妓女在警察局登记入册。后来，他又找黑道上的几个朋友商议。他们没有想出什么好主意。雷蒙顺便还向我指出，参加黑道完全值得。他向黑道的朋友说了这件事，他们就建议给那女人的脸上"留个记号"。但是他不愿意那么干，还得考虑考虑。行动之前，他要向我讨教。而且，在向我讨主意之前，他想了解我如何看待这场风波。我回答说，我没有什么想法，只觉得有趣。他又问我是否认为这其中有欺骗行为，照我看，的确有欺骗行为；至于我是否认为应该惩罚她，换了我会怎么做，我就对他说，这是永远也不可能知道的，但是他要惩罚她，我可以理解。我又喝了点儿葡萄酒。他点着一根香烟，并向我透露他的打算。他想要给她写一封信，用话语"踢她几脚，同时说些事情引得她后悔"。这之后，等她回来，就跟她上床。"就在做完爱的时候"，他要朝她的脸啐上一口，将她赶出门去。我觉得用这种办法，确实让她受到了惩罚。可是，雷蒙对我说，他笔头不行，觉得写不了这样一封信，于是想到请我代笔。他见我一言不发，就问我当即草拟一封信是不是有难处，我回答说没有。

这时，他喝完一杯酒，便站起身，一把推开餐盘和我们吃剩的少许冷香肠，再仔细擦干净餐桌上的漆布。他从床头柜的抽屉里取出一张方格纸、一个黄信封、一支红木

杆的蘸水笔和一个方形紫墨水瓶。等他告诉我那女人的姓
名，我就明白她是摩尔人①。我动笔写信，写得有点儿随
意，但是我也尽力让雷蒙满意，因为我没有理由不让他满
意。信写出来，我高声念给他听。他边吸烟边听我念信，
连连点头，还请求我再念一遍。他十分满意，对我说道：
"我就知道你是见过世面的人。"开始我还没有发觉，他跟
我说话用"你"相称了。直到他明确向我表示："现在，你
是我真正的哥们儿了。"这才让我惊觉。这句话他又讲了一
遍，我便应了一声："是啊。"跟他做不做哥们儿，这对我
无可无不可，而看他那神态，还真有这种渴望。他把信封
上，我们把酒喝干。然后，我们抽了一会儿烟，没有再说
什么。街上一片平静，我们听见一辆驶过的汽车，轮子滑
过路面的声音。我说道："时候不早了。"雷蒙也是这样认
为。他还注意到时间过得很快，在一定意义上，也的确如
此。我昏昏欲睡，却又懒得起身。我的样子一定显得很疲
惫，雷蒙才对我说千万别灰心。乍一听我还没闹明白。他
便向我解释道，他得知我妈妈死了，但是这种事早晚有一
天要发生。这与我的看法不谋而合。

　　我站起身来，雷蒙跟我握手非常用力，还对我说了一
句，男人之间，总能够心照不宣。我走出他的房间，随手
把门带上，在漆黑的楼梯平台上停留片刻。楼房上下寂静

---

① 摩尔人：古毛里塔尼亚人，以及中世纪侵入西班牙的伊斯兰教徒，均称摩尔
　　人；近代指西北非的突尼斯、摩洛哥、阿尔及利亚三国的伊斯兰教徒。

无声，一股阴暗而潮湿的气息从楼梯井深处飘上来。我只听见我的血液汩汩流淌，在我的耳鼓里嗡嗡作响。我站在原地一动不动，从萨拉马诺老头的房间里，隐隐传出那条狗的哀鸣。

四

整个一周，我努力工作。雷蒙来过，告诉我信已寄出。我同埃马努埃尔去看了两场电影，而银幕上发生的事情，他并不能看得懂，就得让我给他解释。昨日星期六，玛丽按我们约定的来了。她身穿红白条纹的漂亮的连衣裙，脚穿一双皮凉鞋，我一见到她就对她产生了强烈的欲望。可以猜得出她那坚挺的乳房，而她那张脸被太阳晒成了一朵花。我们上了一辆公共汽车，驶出阿尔及尔几公里，来到一处海滩，周围岩石环抱，岸边芦苇丛丛。午后四点钟的太阳不太灼热，而海水又很温暖，微微轻浪拖得很长，懒洋洋的。玛丽教我一种游戏。游的时候，迎着浪尖喝口水，将浪花飞沫全含在嘴里，再仰泳朝天喷出去，形成一条泡沫花带，消失在半空，或者如暖雨落在脸上。可是嬉戏一会儿之后，我的嘴就被苦咸的海水烧痛了。玛丽又同我会合，在水里紧贴着我，她的嘴也贴到我的嘴上，用舌头舔我的嘴唇，给我清凉之感，我们就这样搂抱着，在水中翻滚了一阵子。

我们上了海滩，穿好衣服，玛丽眼睛发亮，注视着我。我拥吻了她。从这一刻起，我们就不再说话了。我紧紧搂着她，急忙赶上一辆公共汽车回城，到我家里，扑到床上。屋里的窗户大敞，让夏夜的气息擦着我们棕色的肌肤流动，这种感觉舒服极了。

今天早晨，玛丽留下来没走，我对她说共进午餐。我下楼去铺子买了肉，回来上楼时，听见雷蒙的房间有女人的说话声。过了一会儿，萨拉马诺老头又开始骂狗了，我们听到鞋底和爪子踏木楼梯的声响，接着是"混账东西，下流坯"的骂声，人和狗出门上街了。我给玛丽讲了老头子的故事，她听了咯咯大笑。我穿上我的一身睡衣，袖子挽了起来。看她那笑态，我又上来了欲望。过了一会儿，她问我爱不爱她。我回答说这种问题毫无意义，但是我觉得不爱。看她那样子挺伤心的。不过，在做午饭时，她又无缘无故咯咯笑起来，引得我又上前拥吻她。正是这工夫，雷蒙的房间里爆发了争吵声。

先是听见女人的尖嗓门，接着雷蒙说道："你冒犯了我，你冒犯了我。我要让你知道，冒犯我会有什么好果子吃。"几下钝声的击打，女人号叫，而且叫得那么凄厉，立刻引得人们挤满了楼梯平台。玛丽和我也出去瞧了瞧。那女人仍在惨叫，雷蒙仍打个不停。玛丽对我说，这太可怕了，我没有应声。她要我去叫警察，我回答说我不喜欢警察。然而，还是来了一个警察，是由住在三楼的白铁匠带来的。警察敲门，屋里就一点动静也没有了。警察敲得更响，女人哭起来，雷蒙打开房门。他嘴上叼着一支香烟，一副虚头巴脑的样子。那女人冲出房门，向警察诉苦，说雷蒙打了她。"叫什么名字？"警察问她。雷蒙替她回答。"你跟我说话的时候，把嘴上的香烟拿掉。"警察说道。雷蒙不免犹豫，瞧了我一眼，又吸了一口烟。警察当即抡起手臂，扇了他一个大耳光，又狠又重，打个正着。香烟给扇出去几米远。雷蒙脸色大变，没有立时讲什么，继而，他以谦恭的声调问道，他可不可以拾起自己的烟头，警察说可以，随即又补充一句："下次你就知道，警察可不是闹着玩的。"这工夫，那女人一直在哭，反反复复说："他打了我，他是个拉皮条的。""警察先生，"于是雷蒙问道，"说一个男人是拉皮条的，这从法律上讲得通吗？"然而警察却命令他"闭上你的嘴"。雷蒙于是转向那女人，对她说道："等着瞧吧，小妞儿，总有再见面的时候。"警察又叫他闭嘴，并且说那女的必须离开，而他得在家里等待警察局传讯。他还说，雷蒙浑身发抖，醉成那个样子，应该感到羞耻。雷蒙马上向他解释："我没有醉，警察先生，只因为我在您面前才发抖，就是控制不住。"说罢，雷蒙关上房门，围观的人也都散去。玛丽和我终于做好了午饭。不过，她不饿，几乎全让我给吃掉了。她一点钟走了，我就睡了一个小觉。

将近三点钟，有人敲门，是雷蒙来了。我仍旧躺在床上，他就坐到我的床边。他坐了半晌，没有开口说话，我便问他是怎么闹出事儿的。他向我讲述，他按照自己的想法行动，不料那女人打了他一个耳光，于是他就揍了她一顿。后来的情况，我都当场看到了。我便对他说，我认为那女人现在已经受到了惩罚，他总该满意了。这也正是他的看法，他还指出，叫来警察也是白费劲，丝毫也不能减轻她挨打的疼痛。他还补充说，他十分了解警察，知道该如何对付他们，紧接着又问我，是否期待他回敬那警察打的耳光。我回答说，我什么也没有期待，况且我就不喜欢警察。看样子雷蒙非常满意。他问我愿不愿意跟他一起出去。我下了床，开始拢头发。他对我说，我一定得为他做证。我表示怎么都行，只是不知道该说些什么。依照雷蒙的意思，只要声明那女人冒犯了他就够了。我答应为他做证。

我们出了门，雷蒙请我喝了一杯白兰地。继而，他想要打一局台球，我差一点儿就赢了。然后，他又想去逛窑子。我说不去，不喜欢那种地方。于是，我们慢慢悠悠往回走。他对我说他太高兴了，总算惩罚了他的情妇。我觉得他对我非常热情，心想这是一段快乐的时光。

远远我就望见，萨拉马诺老头站在楼门口，一副焦躁不安的样子。等我们走近了，我才发现狗不在他身边。他四面张望，在原地打转儿，力图洞透黑魆魆的走廊，嘴里嘟嘟囔囔，说话断断续续，瞪圆了他那对小小的红眼睛，又开始搜索街道。雷蒙问他出什么事儿了，他没有立即应声。我隐隐约约听见他咕哝着骂道："混账东西，下流坯。"他还继续瞎折腾。我问他狗在哪儿呢。他呛了我一句，说狗跑掉了。接着，他又突然讲起来，滔滔不绝："我还像往常那样，牵着狗去演习场。那里人很多，围着集市的木棚转悠。我停下来观看《越狱大王》，回头要走的时候，发现身边的狗不见了。不用说，我早就想给它买一副小一点儿的脖套。可是，我万万想不到，这个下流坯会悄悄溜走。"

于是，雷蒙向他解释，狗可能迷了路，总还会跑回来的。他还列举一些事例，说狗能从几十公里之外找到自己的主人。老头子听不进这种劝说，显得更加焦躁不安了。"其实，你们心里也明白，他们肯定要把狗抓走。若是有人收养就好了，但那是不可能的。它一身癞皮，谁见了都讨厌。警察会把它抓走的，准会是这样。"我就对他说，可以去招领处看看，花点儿钱就能领回来。他又问花的钱多不多。这我可不知道。于是他就发起火来："就为这个下流坯，还得花钱！哼！就让它死去吧！"接着他又开骂了。雷蒙大笑着走进楼里。我紧随其后，到了我们这层平台便和他分了手。没过多大工夫，我听见老头子的脚步声，他来敲我的房门。我开了门，他一直站在门口，停了好一会儿才对我说道："请您原谅，请您原谅。"我请他进屋，他又不肯，目光只盯着自己的鞋尖，两只布满癞皮的手在颤抖。他没有面对我，向我询问："您说说看，默尔索先生，他们不会从我手里把狗夺走吧？他们会还给我吧？不然的话，我可该怎么活呢？"我告诉他，招领处将走失的狗为主人保留三天，过期就由警察局自行处理了。他沉默不语，只是看着我，然后向我道了声"晚安"。他关上自家房门，我听见他在房中走来走去。他的床铺咯吱响了几下。一种细微而奇怪的声音从隔壁透出来。听得出他哭了，不知为什么我想到妈妈。可是，明天我还得早起，我觉得不饿，没吃晚饭就睡下了。

五

雷蒙打电话到我的办公室来，说他的一个朋友（他曾向那位朋友提起过我）邀请我，去他在阿尔及尔附近的海滨木屋过周末。我回答说很想去，但是我已经有约在身，星期天陪女友度过。雷蒙当即表明，他的朋友也邀请我的女友，那位朋友的妻子会非常高兴，免得在一伙男人中间感到孤单了。

我本想马上挂了电话，只因我知道老板不喜欢有人从城里给我们打电话。怎奈雷蒙要我等一等，说他本可以到晚上再向我转达那位朋友的邀请，但是他另有事情要提前跟我说一声。这一整天都有一伙阿拉伯人跟踪他，其中就有他那原先情妇的兄弟。"今晚你回家时，如果瞧见他在我们楼附近转悠，就告诉我一声。"我说那好办。

过了一会儿，老板派人来叫我，当即我就烦了，心想他又要对我说少打电话，好好工作。根本不是那码事儿。他明确地说，要跟我谈一项还很模糊的计划，只想听听我对这个问题的看法。他有意在巴黎设立办事处，就地处理业务，直接同各大公司打交道，因此他想了解我是否愿意去那里工作。如果去的话，我就能在巴黎生活，每年还有时间出差旅行。"您年纪轻轻，我觉得您应该喜欢那种生活。"我说是啊，不过从内心深处来讲，这对我无所谓。于是他就问我，我对改变生活是不是不感兴趣。我就回答说，人永远也谈不上改变生活，不管怎么说，什么生活都半斤八两，我在这里的生活，一点儿也不让我反感。老板的脸色不悦，他说我总是答非所问，还说我胸无大志，这样做生意准砸锅。说完话，我又回去工作了。我实在不想拂他的意，但是我也看不出有什么理由改变自己的生活。仔细想想，我很快就憬悟了，这一切并无实际意义。

晚上，玛丽来找我，问我是否愿意同她结婚。我说我无所谓，如果她愿意，我们可以结婚。于是她想要知道我是否爱她。我已经回答过一次，还是那个话：这毫无意义，但是我肯定不爱她。"那为什么还要娶我？"她问道。我向她解释这无关紧要，如果她渴望结婚，我们就结婚好了。况且，是她提出要结婚，我仅仅说了声"行啊"。她便指出，结婚是一件人生大事。我反驳说："不是。"她半晌没讲话，默默地注视着我。继而，她又开口了，说她只想知

道，如果换了另外一个女人，跟我有同样亲密的关系，也
提出同样的建议，我是否会接受。我说："当然会接受了。"
于是她心里琢磨起来，她是否爱我，而她怎么想的，我就
不得而知了。她再次沉默片刻，然后喃喃说道，我是个怪
人，无疑正因为这一点，她才爱我，但是有朝一日，也许
出于同样的原因，我又会让她讨厌了。看我沉默无语，不
再说什么，她就微微笑着挽住我的手臂，声称她愿意跟我
结婚。我回应说，她什么时候愿意，我们就什么时候结婚。
我又顺便提起老板的建议，玛丽就对我说，她真希望去见
识见识巴黎。我就告诉她，我在巴黎生活了一段时间，她
当即问我怎么样。我就对她说："很脏，有许多鸽子、黑乎
乎的院子。居民都是白皮肤。"

　　接着，我们就出去散步，沿着大街穿越城区。街上的
女人很漂亮。我问玛丽注意到了没有。她说注意到了，也
能够理解我。我们一时不再说话了。然而，我想让她留下
来陪我，对她说我们可以去塞莱斯特饭馆吃晚饭。她倒很
想去，但是有事儿。我们走到我的住所附近，我对她说再
见。她瞧着我，问道："你就不想知道，我有什么事儿吗？"
我挺想知道，但是没有想到问她，这让她流露出责怪的神
情。她见我的样子颇为尴尬，又咯咯笑起来，整个身子靠
近，给我送上亲吻。

　　我到塞莱斯特饭馆吃晚饭，已经开始吃上了，我见进
来一个怪怪的矮小女人，她问我可否坐在我这桌。她当然

可以坐下。她那张小圆脸跟苹果似的，两只眼睛炯炯有神。她的动作急促而不连贯，脱下收腰上衣，一坐下就急匆匆地翻看菜谱。她叫来塞莱斯特，立刻点了她所要的菜，声音既清亮又急促。她趁等冷盘的工夫，打开手提包，取出一小张纸和一支铅笔，先算好饭钱，接着从小钱包里如数拿出钱来，再加上小费，全摆到她面前。这时，冷盘给她端上来了，她三口并作两口，快速吞下去。趁着等下一道菜的工夫，她又从手提包里掏出一支蓝铅笔、一本预报节目的周刊，十分仔细地阅读，几乎所有节目都一一做了记号。周刊有十来页，她用餐的全过程，一直细心地做这件事。我已经吃完饭了，她仍旧在认真地做记号。最后她站起身，动作还是那样机械而准确，又穿上收腰上衣走了。我无事可干，也离开饭馆，在她身后跟了一阵。她走在人行道的边缘，步子极快而又极其平稳，头也不回，径直往前赶路。我终于失去她这一目标，又原路走回来，心想她那个人真怪，但是很快就把她置于脑后了。

我走到家门口，碰见萨拉马诺老头。我请他进屋，从他的口中得知他的狗丢失了，因为不在招领处。那里的职员对他说，狗也许被车给轧死了。当时他还问，如果挨个警察局去找，是否能打听到，人家回答说，这种事儿天天发生，不会记录在案。我就对萨拉马诺老头说，何不再养一条狗，但是他提醒我注意，这条狗他已经带习惯了。他这么讲也在理。

　　我就蹲在床铺上，萨拉马诺则坐在桌前的椅子上。他面对着我，两只手抚着双膝，头上还戴着那顶旧毡帽，发黄的小胡子下面的口中，咕哝出不成语句的话。我听着有点儿烦了，但我无事可干，还一点儿不困。我就找话说，问他狗的事儿。他对我说，妻子死了之后，他就养起这条狗。他结婚相当晚，年轻时一心想搞戏剧：他在部队里，总参加军队歌舞团的演出。最终，他进了铁路部门，而且并不后悔，现在他拿一小笔退休金。他跟妻子一起生活并不幸福，但总体来说，跟她过日子也很习惯了。妻子一死，他感到非常孤单，于是跟同车间的伙伴要了一条狗。当时它还是一只小狗崽儿，要用奶瓶喂食。由于狗比人的寿命短，它就跟主人一起老了。萨拉马诺对我说："这条狗脾气很坏，我和它时常吵起来。不过，它还算一条好狗。"我说它是一条良种犬，萨拉马诺听了面露喜色。"而且，你还未见过它患病之前的样子呢，"他补充道，"那时，它的皮毛漂亮极了。"自从这条狗患上了皮肤病，每天早晚两次，萨拉马诺都给它涂药膏。可是据他说，狗的真正疾病是衰老，而衰老是无药可医的。

　　这时，我打了个哈欠，老头子就说他要撤了。我对他说可以再待一会儿，反正他的狗出了事，闹得我的心里也挺难受的。他向我表示感谢。他还对我说，我妈妈就很喜爱他的狗。提到妈妈时，他称为"您那可怜的母亲"。他推测妈妈死后，我一定非常痛苦，我没有应声。于是他有点

尴尬，话说得很快，告诉我，本街区的人对我把妈妈送进
养老院的做法很不看好，但是他了解我，知道我很爱妈妈。
现在我也不知道为什么当时我会那样回答，说我此前根本
不知道，在这件事情上别人对我看法那么坏，而我认为送
妈妈去养老院是很自然的事，既然我雇不起人照顾妈妈。
我还补充道："况且，她早就跟我没什么话可说了，独自一
人整天很烦闷。""对呀，"萨拉马诺接话说，"到了养老院，
至少还能找到些伴儿。"然后，他起身告辞，想要回去睡
觉。现在，他的生活发生了变动，就不知道自己该怎么办
了。自从我认识他以来，这是他第一次把手伸给我，动作
畏畏缩缩，我感到了他手上的痂皮。他挤出点儿微笑，临
走时还对我说道："但愿今晚，狗都别叫唤，我听见了总以
为那是我的狗。"

<h2 style="text-align:center">六</h2>

　　星期天，我怎么也睡不醒，还得玛丽叫我，摇醒我。
我们没有吃饭，就是想赶早去游泳。我感到脑子一片空白，
头也有点儿疼，连抽支香烟都觉得味儿苦。玛丽还笑话我，
说我是"一副吊丧的嘴脸"。她身穿一件白布连衣裙，头发
披散开。我就对她说，她真漂亮，她欢喜得咯咯笑起来。
　　临下楼时，我们过去敲了敲雷蒙的房门。他应声说马
上下去。来到街上，由于疲惫，也因为我们睡觉时没有打

开百叶窗，户外的强光袭来，如同打了我一记耳光。玛丽高兴得欢跳起来，不住嘴地说天气真好。我感觉好受了一些，这才发觉是肚子饿了的缘故。这话我跟玛丽说了，她就指给我看她的漆布提包，她在里面装了我俩的游泳衣和一条浴巾。我只好等待，我们听见雷蒙关门的声响。他穿了一条蓝裤子、一件短袖白衬衫；不过，他戴的那顶扁平的狭边草帽引得玛丽笑起来。他的两条小臂肌肤很白，布满了浓黑的汗毛，我见了有点儿厌恶。他下楼时还吹着口哨，那神情很高兴。他对我说"你好，老弟"，称呼玛丽为"小姐"。

昨天，我们去了警察局，我做证说那女人"冒犯"了雷蒙。雷蒙只受了一次警告，就算完事了。警察没有进一步核实我的证词。在楼门口，我们跟雷蒙谈起了这件事，紧接着我们决定去乘公共汽车。海滩不算太远，但是乘车去更快些。雷蒙认为我们早早到达的话，他那位朋友会很高兴。我们刚要走，雷蒙却突然打了个手势，让我瞧马路对面。我看见一伙阿拉伯人背靠着烟铺的橱窗，默默注视着我们，不过是以他们特有的方式，不多不少就当我们是石头或枯树。雷蒙告诉我，从左数第二个人就是那家伙，随即他面露忧郁的神色，但他又补充一句：这件麻烦事，按说已经了结了。玛丽听不大明白，就问我们是怎么回事儿。我告诉她，那伙阿拉伯人恨雷蒙。她就要我们赶紧离开。雷蒙挺了挺胸，笑着说是该快点儿走了。

离车站还挺远，我们走过去。雷蒙告诉我，那伙阿拉伯人没有跟上来。我回头望了望，他们果然待在原地未动，仍然若无其事地看着我们刚刚离开的地方。我们上了公共汽车。看来雷蒙完全放松了，他不断地跟玛丽开玩笑。我能察觉出来，他喜欢玛丽，而玛丽却不怎么搭理他，只是不时地笑着瞧他一眼。

我们在阿尔及尔郊区下车，离海滩不远了，但是必须爬过一小块俯临大海、斜坡倾向海滩的高地。高地上布满发黄的石头，开满雪白的阿福花，映衬着蓝得晃眼的天空。玛丽兴致勃勃，抢起漆布提包，扫得花瓣纷纷飘落。我们走在一排排别墅之间，两侧的栏杆漆成绿色或白色，有几幢连同阳台隐没在柳丛中，另一些则裸露在乱石中间。还未走到高地边缘，就已经望见风平浪静的大海了，还能望见远处躺在清澈的水中打瞌睡的一个巨大岬角。在静谧的空气中，一阵轻微的马达声一直传到我们耳畔。眺望波光粼粼的远海，只见一艘小小的拖网渔船以缓慢得让人难以觉察的速度行驶。玛丽采了几朵鸢尾花。我们下坡走向海边，看到已经有几个人下海游泳了。

雷蒙的朋友所住的小木屋坐落在海滩的尽头。木屋背靠石崖，屋前用来支撑的木桩已经浸在海水中了。雷蒙把我们介绍给他的朋友。那人名叫马松，身材魁伟，膀阔腰圆。他妻子个头儿却很矮，身子圆滚滚的，那样子和蔼可亲，说话带巴黎口音。马松立刻让我们随便些，说他这天早晨钓了一些鱼，已经过油炸好了。我对他说，他的房子漂亮极了。他告诉我，每逢星期六、星期天，以及所有节假日，他都来这里度过。他还补充了一句："你们同我妻子会合得来的。"果不其然，他妻子已经同玛丽有说有笑了。这时，我还真萌生了要结婚的念头，这也许是我有生以来头一次这样想。

马松要下水了，但是他妻子和雷蒙还不想跟来。我们三人走下海滩，玛丽立刻扑进水里。马松和我，我们又略等了一会儿。他讲话慢吞吞的，我发现他有句口头禅，无论说什么，总要补上一句"我甚至还要说"，即使他补充的话其实并没有什么新意。例如关于玛丽，他对我说："她可真出众，我甚至还要说，非常迷人。"过了一阵儿，我就不再注意他这句口头禅了，只顾感受晒着阳光有多么舒服。沙子开始烫脚了。我又忍耐一会儿下水的渴望，终于对马松说："下水好吗？"我一个猛子扎进水中。他一点点往水里走，直到站立不稳才扑进去。他游蛙泳，技术相当差，我只好丢下他，去同玛丽会合。海水清凉，我游得很开心。我和玛丽越游越远，我们动作协调一致，共享畅游的乐趣。

游到宽阔的海面，我们便仰浮在水上，我面向天空，而阳光拨开在我嘴边流动的最后几片水帘。我们望见马松回到海滩，躺着晒太阳了。远远望去，真像个庞然大物。玛丽想和我"连体"游泳。我就到她身后，抱住她的腰，她甩动手臂奋力往前游，而我则协助她用双脚击水。轻轻的击水声伴随我们一上午，直到我觉得累了。于是，我放开玛丽，往回游去，恢复正常姿势，呼吸也就顺畅了。上了海滩，我俯卧在马松的身边，脸埋在沙中。我对他说"真舒服"，他也有同感。不大工夫，玛丽也来了。我侧过身去，注视她走过来。她浑身沾着海水，长发披散在身后。她靠着我并排躺下，而我，笼罩在她的身体和太阳这两种热气中，幽幽睡了一会儿。

玛丽摇醒我，说马松回屋了，该是吃午饭的时候了。我立刻站起身，只因我确实饿了；可是，玛丽却对我说，从早上起到现在，我还没有拥抱亲吻她呢。的确如此，其实我一直想吻她。"来吧，下水。"她对我说道。我们跑过去，扑进刚涌来的细浪中，蛙泳了几下，她就贴到我身上。我感到她的两条腿缠住了我的腿，当即对她产生了欲望。

我们赶回来的时候，马松已经喊我们了。我说我饿极了，他就立刻向他妻子表明，他喜欢我这样。面包很好吃。我狼吞虎咽，吃掉我那份炸鱼。接下来还有肉和炸土豆条。吃饭时大家谁也没有说话。马松频频喝葡萄酒，还不断地给我斟酒。到了喝咖啡的时候，我的头有点儿昏沉，就一连抽了好几支烟。马松、雷蒙和我，我们打算共同出钱，八月份就在海滩一起度过。玛丽突然对我们说道："你们知道现在几点钟了吗？十一点半。"我们所有人都感到诧异，不过马松却说，饭吃得很早，这也很自然，肚子饿了，就是吃饭的时间。不知道为什么，这话引得玛丽笑起来。现在想来，她那时酒有点儿喝多了。马松问我，是否愿意陪他去海滩散步："午饭后，我妻子总要睡一觉。我呢，不喜欢睡午觉。我得出去走走。我总跟她说，饭后活动活动有益于健康。不过，这毕竟是她的权利。"玛丽明确表示要留下，帮助马松太太收拾餐具。矮个儿巴黎女人便说，照这样，就必须把男人赶出去。于是，我们三个男人就都出来了。

烈日当空，几乎直射沙滩，海面上强烈的反光十分晃眼。海滩上空无一人了。从布列在俯临大海的高地周边的一间间木屋里，传出一阵阵杯盘刀叉的声响。从地面熏蒸而起的石头热气，逼得人呼吸困难。开头，雷蒙和马松聊的人和事，都是我不了解的，从而我明白，他们俩相识已久，甚至在一起生活了一段时间。我们朝大海走去，沿着水边散步。有时，一道细浪冲得远些，打湿了我们的布鞋。我什么也不考虑，只因我光着脑袋，让太阳晒得昏昏欲睡。

这时，雷蒙对马松说了句什么，我没有听清楚。不过，与此同时，我看见在海滩的另一头，离我们很远，有两个身穿司炉蓝工装服的阿拉伯人，朝我们这边走来。我瞧了瞧雷蒙，他就对我说："正是他。"我们继续散步。马松问他们怎么一直跟踪到这儿来了。我想他们一定是看见我们拎着海滩用品提包上了车，但是我什么也没有说。

那两个阿拉伯人缓步往前走，离我们已经相当近了。我们没有改变步伐，但是雷蒙交代我们："万一动起手来，你，马松，你去对付第二个家伙。我呢，就收拾我那个对头。你呢，默尔索，如果再来一个，就交给你了。"我说："好吧。"马松两手插进裤兜里。沙子灼热，现在我就觉得跟烧红了似的。我们步伐沉稳，走向阿拉伯人。我们之间的距离逐渐缩短。等双方只差几步远了，阿拉伯人停下脚步。马松和我的脚步也放慢了。雷蒙径直走向他的对头。我听不清楚他对那人说了什么，那人抬手照雷蒙的头要给一拳，雷蒙却抢先下手，并且立即招呼马松。马松冲向指定给他的那个人，使足了劲儿，两个重拳打出去，那个阿拉伯人便倒在水中，脸朝下待了几秒钟，冒到水面的气泡在他脑袋周围破灭。这工夫，雷蒙也大打出手，打得对手满脸是血。雷蒙回身对我说了一句："瞧着他会拿出什么家伙。"我冲他喊道："当心，他拿了把刀！"还未等雷蒙有所反应，他的胳臂就给划开了，嘴巴也给划破了。

马松一个箭步冲上去，不料另一个阿拉伯人已经爬起来，躲到手持凶器的人身后。我们不敢动弹。他们慢慢后撤，眼睛始终盯住我们，用刀威慑我们不敢轻举妄动。他们看看拉开了相当大的距离，便转身飞快逃掉；而我们仍然定在太阳地儿上，雷蒙紧紧握住还在滴血的手臂。

马松立刻说道，正巧有一位大夫，每星期天都来这里度过，就住在高地上。雷蒙想马上去见大夫，可是他开口说话，伤口就流血，弄得满嘴血沫。我们搀扶着他，先尽快回到木屋。到了屋里，雷蒙说他的伤口很浅，能够去看

大夫。马松陪他去了，我留下来向两位女士解释所发生的
事情。马松太太流下眼泪，玛丽也脸色煞白。向她们解释
这事，我也挺烦的，于是干脆沉默不语，望着大海抽烟。

约莫一点半，雷蒙同马松回来了，他手臂包扎了绷带，
嘴角贴上橡皮膏。大夫告诉他是轻伤，没什么大碍，但是
雷蒙脸色很难看。马松还试图逗他乐，可他就是一声不吭。
过了一会儿，他说下去到海滩走走，我问他去哪儿，他回
答说只想出去透透气。马松和我都表示要陪他出去。他一
听就火了，不干不净地骂了我们。马松直言千万别违拗他。
然而，我还是跟着他出去了。

我们在海滩上走了很久。现在烈日炎炎，照在沙滩和
海面上，碎成无数闪亮的金块。我感觉雷蒙知道他要去哪
儿，不过，这恐怕是错误的印象。我们一直走到海滩尽头，
绕过一大块岩石，终于来到岩石后面在沙地流淌的一小股
泉水。我们就在那儿找见了那两个阿拉伯人。他们穿着油
污斑斑的司炉蓝工装服，躺在地上，那神态完全平静下来
了，甚至带着几分喜色。我们的出现，丝毫没有改变那种
局面。用刀伤了雷蒙的那个家伙一声不吭，眼睛盯住雷蒙。
另一个家伙则用眼角的余光瞟着我们，同时不停地吹着一
个小芦苇哨子，反反复复只发三个音。

这段时间自始至终只有阳光和这种寂静，以及泉水淙
淙和芦苇哨子的三个音。继而，雷蒙伸手插进放手枪的兜
里，但对方还是一动不动，他们一直四目对视。我注意到

吹芦苇哨子的那个小子脚趾劈得特别开。这时，雷蒙目光没有离开对方，问了我一句："我撂了他吗？"我心里合计，我若是说不，他反而不听那一套，一发火准会开枪。我只是对他说："他连话都还没对你说，这样就开枪，会显得有点儿卑劣。"在这寂静和炎热的中心，还能听见淙淙的水声和芦苇的哨音。"那好，我就辱骂他，等他一回嘴，我就把他撂倒。"我回答说："就要这样。不过，他要是不拔出刀来，你也不能开枪。"雷蒙开始有点儿恼火了。另一个小子一直吹芦苇哨，两个人都注意观察雷蒙的一举一动。"不行，"我对雷蒙说道，"你还是得跟他单挑，把你的手枪给我。如果另一个上手，或者这个拔出刀来，我就把他一枪撂倒。"

雷蒙把手枪给我的时候，阳光在枪上晃了一下。然而，双方仍然待在原地不动，就仿佛我们周围的一切封闭起来了似的。我们相互对视，谁也不肯垂下眼睛，这里的一切全停顿下来，停在大海、沙滩和阳光之间，停在芦苇哨和泉水的双重寂静之间。此刻我想到，可以开枪，也可以不开枪。这时，两个阿拉伯人猛然往后退，一下子溜到大岩石后面去了。于是，雷蒙和我原路返回。他的情绪显得好些了，还提起回城的公共汽车。

我陪伴他一直走到木屋，在他上木阶梯时，我却停在最下面的台阶上。我的脑袋让太阳晒得嗡嗡作响，看着眼前要吃力登上的木阶梯，上去还要吃力地应付两位女士，就不免气馁了。可是酷热难耐，刺眼的阳光雨注一般从天而降，站在原地不动同样难受。待在原地还是走开，反正是一码事儿。迟疑片刻，我又掉头走向海滩。

海滩也是红彤彤的，阳光耀眼。大海气喘吁吁，呼吸急促，细浪爬上沙滩。我缓步走向岩石，顶着太阳，只觉得脑门儿肿胀。全部暑热都扑向我，阻止我往前走。每次感到热风扑面而来，我就咬紧牙关，握紧插在裤兜里的拳头，我全身绷紧，以便战胜太阳，战胜太阳倾注给我的这种参不透的醉意。从沙砾上，从变白的贝壳上，从碎玻璃上，每投出一把光剑来，我的牙关就不由得紧咬一下。我就这样走了许久。

我远远望见岩石下有一小片幽暗之地，周围由阳光和海上尘雾所形成的耀眼光晕笼罩。我想到岩石后面清凉的泉水，渴望再次聆听淙淙的流水，渴望逃避太阳，逃避费神的事以及女人的哭泣，渴望再次找回阴凉与休息。可是，我走近时却看到雷蒙的对头又回来了。

他独自一人，双手放在脖颈儿下面，躺在那里休息，额头置于岩石的阴影里，而全身晒着太阳。他那身司炉蓝工装服冒着热气。我颇感意外。对我而言，这件麻烦事已经了结，我连想也没有想就来到这里。

他一看见我，就微微欠起身，手插进兜里。而我呢，放在外衣口袋里的手，也自然而然握紧雷蒙的手枪。这时，他又仰面倒下，但是手没有从兜里抽出来。我离他比较远，约有十米。我不时猜测他半眯缝着的眼神。不过，他那副形象，更频繁地在我眼前火焰般的空气中舞动。海浪的声音比起中午来更加懒散，更加平稳了。在这里依旧延伸的沙滩上，太阳依旧，光焰依旧。白昼已经有两个小时不再进展，两个小时抛了锚，固定在一片沸腾着的金属海洋中。远远驶过一艘小轮船，我是从我的视觉余光的小黑点推测的，因为我正眼一直紧盯着那个阿拉伯人。

我心中暗想，只要我掉过头去，就万事大吉了。然而，一整片在烈日下颤动的海滩，从我身后涌来。我朝泉水走了几步。那个阿拉伯人没有动弹。不管怎么说，相距还挺远。我感到汗滴聚在我的眉眼上。还是我安葬妈妈那天的太阳。还像那天一样，我的额头特别难受，肌肤下的脉管都一齐跳动。正是由于我忍耐不了的灼热，我又朝前动了动，我知道这种动作很愚蠢，挪动一步也躲避不了太阳。然而，我就是跨近一步，仅仅一步。这回，那个阿拉伯人虽未起身，却抽出了刀，在阳光中对我晃了晃。钢刀反射的阳光，犹如闪亮的长刃刺中我的脑门儿。与此同时，聚在眉头的汗水一下子流到眼皮上，形成一道厚厚而温暖的水帘，遮住了我的双眼。在这道泪水和盐的帘幕后面，我的眼睛完全花了，只觉得太阳好似铙钹一般扣到我的头顶，那把刀射出的闪光利刃，影影绰绰，一直在我面前晃动。这把灼热的利剑损坏我的睫毛，刺入我疼痛的双眼。恰巧这时，天地万物都摇晃起来。海洋呼出一股厚重而滚烫的

气息。天穹也好像整个儿裂开，降落下来天火。我的周身
绷紧了，手紧紧抓住那把枪。不觉扳机扣动了，我触碰到
了枪柄上光滑的扳机圆洞，正是触碰那儿，在震耳欲聋的
一声脆响中，一切都开始了。我一下子抖掉汗水和阳光。
我明白自己打破了这一天的平衡，打破了海滩异乎寻常的
寂静，打破了我曾觉得幸福的平衡和寂静。接着，我对着
那不动的躯体又连开了四枪，子弹打进去而没有穿出来。
这正如我在厄运之门上急促地敲了四下。

第二部

一

我被捕之后，立即接连几次受审。但是，审讯时间都不长，只为查清身份。第一次是在警察分局，我的案子似乎没人感兴趣。八天之后，情况则相反，预审法官打量我，显得很好奇。不过开头，他也只是问我的姓名和住址、我的职业、我的出生日期和出生地。随后，他想了解我是否选定了律师。我承认没有，并且问他是不是非得请律师。他说："为什么这样问？"我回答说，我认为自己的案子非常简单。他微微一笑，说道："这是一种看法。然而，法律就是法律。如果您不找律师，我们就会给您指派一位。"我认为这样就太方便了，连这些具体问题司法机关都负责给解决。我向他说了这种想法，他也赞同，并得出结论，法律制定得很完善。

起初，我并没有认真对待他。他接待我的房间拉着窗帘，只有办公桌上点着一盏灯，灯光对着他让我坐的扶手椅，而他本人则坐在暗处。我在书里读过类似的描写，觉得全都是做戏。谈完了话，我端详了他，不想看到的是一个面目清秀的人，一双深陷的蓝眼睛，个头儿很高，蓄着长长的灰胡须，浓密的头发几乎花白了。他的面部不时因神经性抽搐而拉动嘴角，尽管如此，他给我的印象是个非常通情达理的人，总是善意迎人。我走出审讯室的时候，甚至要同他握手，但是我及时想起我还有命案在身。

第二天，一位律师来狱中探视。他是个矮胖子，还相当年轻，精心梳理的头发贴在头皮上。天气很热（我没有穿外衣），他却穿一身深色正装，戴上活动硬折领，扎的领带也很奇特，是黑白相间的粗条纹花色。他把腋下夹的公文包放到我的床上，做了自我介绍，对我说他研究了我的案卷。我这案子很棘手，但是，如果我信任他的话，他不怀疑能够胜诉。我向他表示感谢，他对我说："现在就谈谈问题的要害。"

他坐到我的床上，向我解释说，他们已经调查了我的私生活，了解到我母亲在养老院去世不久。于是，他们又去马伦戈做了一次调查。预审法官获悉，妈妈葬礼那天，我"表现出了无动于衷的态度"。"要知道，"我的律师说道，"问您这种情况，我实在难以启齿，但是这又非常重要。如果我找不出理由答辩，这就将成为指控您的一个重要证据。"他希望我能协助他。他问我，那天我是否感到难过。听到这样一问，我十分惊讶，如果是我不得不提出这个问题，我会感到非常尴尬。不过，我还是回答说，我多少丧失了扪心自问的习惯，很难向他提供这方面的情况。自不待言，我很爱妈妈，但是这并不能说明什么。所有精神正常的人，都或多或少盼望过自己所爱的人死去。说到这里，律师当即打断我的话，他显得非常焦躁。他让我保证，无论到法庭上，还是在预审法官那里，都不要讲这种话。可是，我却向他解释道，我天生如此：生理的需要往往会扰乱我的情感。安葬妈妈那天，我疲惫不堪，又非常困倦，也就没有留意当时发生了什么情况。我所能肯定的是，我真不愿意妈妈死了。但是，我的律师还是一脸不高兴。他对我说："这样讲还不够。"

他思考了一下，问我可不可以说，那天，我控制住了自己自然的感情。我就对他说："不可以，因为这是假话。"他以古怪的方式看着我，就好像我引起他的几分反感。他几乎幸灾乐祸地对我说，不管怎样，养老院院长和工作人员都会作为证人到法庭上做证，这可能将我置于一种极难堪的境地。我则提醒他注意，这件事情跟我的案子无关，而他仅仅反驳了我一句：显然我从未跟司法机构打过交道。

他走时面带愠色。我很想留下他，向他说明我渴望得到他的同情，但不是为了获取他更好的辩护，而是……可以这么说，而是自然而然的事情。尤其是我看出来，我让他很不自在。他没有理解我的意思，对我产生了一点儿怨恨。我真想明确告诉他，我跟所有人一样，跟所有人绝对一样。然而，费一番口舌，其实没有多大用处，我也懒得讲，干脆放弃了。

过了不久，我又被带去见预审法官。这次是下午两点钟，他的办公室只拉着薄纱窗帘，满室通明透亮。天气很热。他让我坐下，彬彬有礼地向我说明，我的律师"因临时有事"，未能前来。但是，我有权不回答他提出的问题，等我的律师到场来帮助。我说我可以独自回答。他用手指按了桌上的一个电钮。一个年轻的书记员来了，差不多就坐到我的身后。预审法官和我，我们二人都端坐在扶手椅上。开始审讯了。他首先对我说，按照别人的描述，我是个性格内向、寡言少语的人，他想了解对此我有何想法。我回答说："事出有因，我从来没有什么重要的话要讲，于是就保持沉默。"他还像上次那样，微微一笑，承认这是最好的理由，随即又补充一句："况且，这也无关紧要。"预审法官住了口，瞧了瞧我，接着，颇为突然地挺了挺身，语速极快地对我说："我所感兴趣的，是您这个人。"我不太理解他这话是什么意思，也就没有应声。他又说道："在您的行为中，有些事情匪夷所思。我相信您会说透，帮助我理解。"我说一切都很简单。他催促我向他复述一遍那一天的情况。于是，我向他复述了我已经讲过的全过程：雷蒙、海滩、海水浴、殴斗，又是海滩、小水泉、烈日，以及打出的五发子弹。我每讲一句，他都说："好的，好的。"
我说到横躺在地上的尸体时，他附和一声："好。"而我呢，
实在厌烦这样重复讲述同一故事，就觉得我从未讲过这么
多话。

沉吟片刻之后，他站起身，对我说道，他想要帮助我，
说我引起了他的兴趣，再加上有上帝保佑，他就能为我做
点儿事情。不过，他还要先向我提几个问题。他开门见山，
问我是否爱妈妈。我说："爱呀，跟所有人一样。"此前，
书记员打字一直很有节奏，这时一定是按错了键盘，不免
有点儿慌乱，只得倒回来重打。预审法官所问的事，表面
上始终没有逻辑关系，他又问我是否连续开了五枪。我想
了想，明确说先头我只开了一枪，过了几秒钟，又开了四
枪。于是他问道："你开了一枪之后，为什么等了一会儿才
打第二枪呢？"那一片火红的海滩，再一次展现在我眼前，
我感到额头让太阳晒得火辣辣的。不过这回，我什么也没
有回答。接着冷场了，这工夫，预审法官显得有些烦躁。
他又坐下，抓了抓头发，臂肘支在办公桌上，身子微微倾
向我，一副怪怪的样子："为什么，为什么您朝地上的横尸
开枪呢？"这个问题，我还是无从回答。预审法官双手捂住
脑门儿，声音有点儿变调，又重复他的问题："为什么？您
必须告诉我。为什么？"我始终沉默不语。

他霍地站起身，大步走向办公室的另一头，从文件柜
拉出一个抽屉，取出一只银质耶稣受难十字架，高举着返

身走向我。他的声调完全变了,几乎发颤,提高嗓门儿问道:"这个,你可认得?"我回答:"认得,当然认得。"于是他急速地、满怀激情地对我说,他信仰上帝,坚信无论什么人,也不管罪恶有多大,总能得到上帝的宽恕,但是为此目的,人就必须通过悔罪,又复归童年状态,心灵空虚纯净,准备迎接一切。他整个身子都俯在桌子上,几乎就在我的头顶摇晃着耶稣受难十字架。老实说,他这番论证,我的思想很难跟得上,首先因为热得很,他这办公室里又有几只大苍蝇,不时落到我脸上,同时还因为他那样子让我有点怕。我也承认这未免可笑,因为归根结底,我才是罪犯。他仍然滔滔不绝。我差不多听明白了,在他看来,我的供词只有一处模糊不清,即我等了片刻才开第二枪这个事实。其余的细节都很清楚,唯独这一点,他搞不明白。

我正要对他说,他不该抓住一点不放:最后这一点并不那么重要。但是他打断了我的话,整个儿挺直了身子,最后一次劝告我,问我是否信仰上帝。我回答说不信。他气呼呼地坐下来,对我说这不可能,人人都相信上帝,即使是那些背弃上帝的人。这正是他的信念,他一旦对此有所怀疑,那么他的生活就再也没有意义了。他高声诘问:"您就想让我的生活丧失意义吗?"依我之见,这事与我无关,我把我的想法对他讲了。可是,他隔着办公桌,将十字架上的基督像送到我眼前,毫无理智地嚷道:"我,我可是基督教徒。我请求基督宽恕你的过错。你怎么能不相信他是为你而受了苦呢?"我明显地注意到,他用"你"来称呼我了,但是我已经听烦了。房间里越来越热了。我还一如既往,不想听一个人说话,渴望摆脱他,就装出同意的样子。令我深感意外的是,他立刻欢欣鼓舞。说道:"你瞧,你瞧,你相信上帝,要向上帝讲心里话,对不对呀?"自不待言,我再次说了"不"。他又一屁股跌坐在椅子上。

他那神情十分疲惫,半晌沉默不语,而打字员没有跟上谈话,一直没有停,还继续打出最后几句话。继而,他凝视了我片刻,神色里透出一点伤感。他喃喃说道:"像您这样冥顽不化的灵魂,我还从未见过。罪犯来到我的面前,看到这个受难像,总要痛哭流涕。"我正要回答,恰恰因为他们是罪犯,但是转念又一想,我也是罪犯,跟他们一样。这种念头,我实在无法适应。这时,预审法官站起身,仿佛示意审讯结束了。他还是同样有点儿厌烦的神态,只问我是否悔恨自己的行为。我想了想,回答说算不上悔恨,倒是在一定程度上厌烦了。我觉得他没有听明白我的话。但是那天,事情就再也没有进展了。

后来,我经常面见预审法官,不过每次都由我的律师陪同。谈话也局限于跟我核对我先前几次供词中的一些疑点,再就是预审法官同我的律师讨论控告我的罪名。不过老实说,在这种时候,他们从来就不把我放在心上。不管怎么说,审讯的口气逐渐变了,我感到预审法官对我没有兴趣了，他已经把我的案子以某种方式归类了。他不再向我提上帝，我也没有见到他像头一天那样冲动。结果便是我们的谈话变得更加亲热了。提了几个问题，同我的律师谈一谈，一次次审讯就这样结束了。拿预审法官的话来说，我的案子进展正常。有时候谈到一般性问题，也让我参加讨论。我的心情开始放松了：在这种时刻，谁对我都没有恶意。一切都显得那么自然，那么按部就班，表演得那么有板有眼，我甚至产生了"亲如一家"的可笑印象。预审持续了十一个月之久，可以说在这期间，我几乎感到惊讶的是，让我高兴的事没有别的，只有那么几次屈指可数的瞬间，预审法官把我送到他的办公室门口，拍拍我的肩膀，亲热地对我说一句："今天就这样吧，反基督先生。"随即他又把我交到警察手里。

二

有些事情，我从来就不愿意提起。我入狱没过几天，就明白了事后我不可能爱提这段经历。

过了些日子，我就觉得这种厌恶情绪实在无足挂齿。其实最初几天，我还算不上真正坐牢：我隐隐约约在等待发生什么新的事件。直到玛丽第一次，也是唯一一次来探视，完全意义上的监狱生活才开始。从我收到她的信的那天起（她在信上告诉我，只因她不是我妻子，就不被允许再来探监了），我才感到牢房就是我的家，我的生活就停留在这里了。我被捕的那天，先是被关进一间大牢房，里面已经关了好几名囚犯，大部分是阿拉伯人。他们看见我，都嘻嘻哈哈笑起来，随后就问我犯了什么事。我说打死了一个阿拉伯人，他们就都不吱声了。过了一会儿，天就黑下来了，他们倒是向我解释如何铺睡觉的席子，将席子一端卷起来，就能当枕头用了。整整一夜，臭虫都在我脸上爬来爬去。过了几天，我就被换进单人牢房，睡木板床，还配备一个木制马桶和一个铁脸盆。监狱建在城市的制高点，我能从一扇小铁窗望见大海。有一天，正巧我抓住铁窗的柱子，仰着脸张望充满阳光的世界，一名看守走进来，对我说有人来探视。我想准是玛丽。果然就是她。

要到探视厅，先得穿过一条长长的走廊，接着上楼梯，再穿过另一条走廊。我走进一个特别宽敞的大厅，一扇大窗户射进来的阳光照得大厅非常明亮。横着的两道大栅栏将大厅隔成三段，栅栏之间相距八到十米，把探视者与囚犯隔开。我看见玛丽就在我的对面，她身穿带条纹的连衣裙，那张脸晒成棕褐色。我旁边还有十来名囚犯，大多是阿拉伯人。玛丽那边也都是摩尔女人，身边探视的两个人：一个是矮小的老太婆，穿着一身黑袍，紧紧捂住嘴唇；另一个是没戴头巾的胖女人，说话嗓门儿很大，伴随着各种手势。由于两道铁栅栏相隔较远，探视者和囚犯说话都不得不大声叫喊。我一走进大厅，就听见一片嘈杂声，在光秃秃的四面墙壁之间，反复回荡，而从天空直泻到玻璃窗上的强烈阳光又反射到大厅里，一时间我感到头昏眼花。我的单人牢房要安静得多，也昏暗得多。要过好几秒钟，我才开始适应。最终，我还是看清了突显在明晃晃的阳光中的每一张脸。我注意到在两道铁栅栏之间，靠过道一侧坐着一名看守。阿拉伯囚犯和探视他们的家人大部分都面对面蹲着，这些人说话就不叫喊。他们低声对话，不管周围一片嘈杂声，彼此照样听得见。他们低沉的话语声从低处响起，形成持续不断的低音部，汇入在他们头顶上交错回环的谈话声浪。所有这一切，全是我在朝玛丽走过去的工夫快速观察到的。她的身子已经紧紧贴在栅栏上，竭尽全力冲我微笑。我觉得她非常美，但是我不知道该如何向她表明。

"怎么样？"她高声问我。"怎么样，就这样呗。""你还好吧，什么也不缺吧？""还好，什么也不缺。"

我们住了声，玛丽一直在微笑。那个胖女人也一直冲着我身边的人喊叫：这个目光坦诚、金发高个子的家伙，一定就是她丈夫了。他们继续着一场已经开始的谈话。

"雅娜就是不愿意要他。"胖女人扯着嗓子嚷道。

"是啊，是啊。"男人应声说道。"我还对她说，你一出狱，还要雇用他的，可是她就是不愿意要他。"

玛丽也喊叫起来，说雷蒙向我问好，我接口说："谢谢。"不过，我的话音被旁边男人的声音盖住了，那人高声问道："他近来可好？"他妻子笑着说："好着哪，他的身体比什么时候都好。"我左边那个矮个子青年有一双秀气的手，他一句话也没说。我注意到他面对的是一个矮个子老太婆，他们二人都定睛凝视着对方。我没有时间进一步观察他们了，忽听玛丽冲我高声说，一定要满怀希望。我应了一声"对"，同时盯着她看，真想隔着衣裙搂住她的肩膀。我真想抚摸她那身细布料，而且，除此之外，我实在不知道还能抱有别的什么希望。恐怕这也正是玛丽想要说的，因为她一直在微笑。我只顾看她明亮的牙齿和笑眯眯的眼睛。她又喊道："你一定能出来，你一出来咱俩就结婚！"我回答说："你相信吗？"不过，我这主要还是为了说点什么。于是，她语速非常快，声音始终很高，说她相信，我一定能获释，两个人还去游泳。这时，另一个女人又吼叫起来，说她的篮子丢在书记室里了，当即列举放在篮子里的所有东西，那些东西都很贵，必须清点一下。另一个挨着我的矮个儿青年，一直同他母亲相视无语。蹲在地上的那些阿拉伯人，仍在我们下面窃窃私语。户外的阳光撞到大玻璃窗，似乎更加膨胀了。

我感到身体不大舒服，很想离开。聒噪声让我难受。可是另一方面，我也愿意跟玛丽多待一会儿。不知道过了多长时间。玛丽跟我谈起她的工作，她那脸上始终挂着笑容。絮语、喊叫和谈话的声音交织在一起。唯一寂静的孤岛就在我身边，即相互对视的这个矮个儿青年和这个老太婆。阿拉伯人一个个被带回牢房。第一个人刚被带走，几乎所有人都住了声。矮小的老太婆又靠近铁栅栏，与此同时，一名看守向她儿子打了个手势。那儿子说了一句："再见，妈妈。"母亲把手从铁条之间探进去，向儿子轻轻挥动，动作缓慢而悠长。

老太婆离开探视厅，一个手拿帽子的男人随即走进来，占据了空出来的位置。一名囚犯被带进来，二人便热烈地交谈起来，但是声音压得很低，只因大厅又恢复了肃静。又有人来要带走我右边的那个人，他妻子仿佛没有意识到说话不能大喊大叫，她仍然没有降低声调："自己多加小心。"接着就轮到我了。玛丽做出了抱吻我的手势。临出门时，我又回过头去望望，她一动未动，脸压在铁条上，脸上始终挂着那种苦撑着的僵硬的微笑。

探视之后不久，她就给我写信来了。正是从这一刻起，发生了我绝不爱提起的那些事。不管怎么说，什么事也不应该夸张，讲讲自己不爱提起的事，我做起来还是比别人更容易些。受羁押初期，最艰难的倒是我仍有自由的思维。例如，我还渴望去海滩，下海游泳，还想象我的脚刚踏着波浪的声响，全身浸入水中所感受到的解脱，可我却猛然感到我的牢房四壁是多么贴近。而且，这种感觉持续了数月。后来，就完全变成囚犯的思维了。等待放风的时间，我就到院子里走走，或者等待我的律师来访。余下的时间我也安排得很好。我甚至常常想，如果让我生活在一棵枯树的树干里，无所事事，终日观赏天空浮云的花样，我也能逐渐适应。我会等待鸟儿飞越、云彩聚合，就像我在这里等待我的律师打上奇特的领带，或者在另一个世界耐心等待星期六，得以拥抱玛丽的肉体。况且，仔细想想，我总还没有落到枯树树干里的那种境地。还有比我更加不幸的人呢。其实这也是妈妈的想法，她反复讲，人到头来什么都能适应。

此外，平时我也没有想得那么远。头几个月度日如年。然而，我总得咬咬牙，也就挺过来了。譬如说，我辗转反侧想女人。我年轻，这是很自然的事。我从来没有特意想玛丽。但是我苦苦想一个女人，想所有女人，想我所认识的所有女人，想我曾经爱过她们的种种情景，结果我的牢房充塞了这些女人的形象，布满了我的欲念。一方面，这让我躁动不安；另一方面，这也帮我消磨时间。我终于赢得了看守长的同情。每天开饭时，他都陪着厨房伙计前来，正是他首先向我谈起了女人。他告诉我，这是其他囚犯抱怨的头一件事。我就对他说，我同他们一样，觉得被这样对待实在不公道。"然而，"他接话道，"正是为了这一点，才把你们关进牢房。""怎么，正是为了这一点？""当然了，自由，正是为此，才剥夺了你们的自由。"我从未想到这一层。我赞同他的说法。"不错，"我对他说道，"否则惩罚什么？""对呀，这种事儿，您能想通，其他人不行。不过，最终他们总能想法儿自行解决问题。"说罢，看守长就走了。

还有抽烟也是个问题。入狱那天，我的腰带、鞋带、领带，我口袋里的所有物品，尤其是我的香烟，统统让监狱工作人员给搜走了。一转到单人牢房，我就要求把我的香烟还给我。可是，看守对我说，监狱禁止吸烟。头些日子特别难熬。这也许是给我最大的打击。我从床铺的木板上掰下木块，放进嘴里咀嚼。恶心不止，一整天我都想呕吐。我无法理解，吸烟又不危害任何人，为什么剥夺我吸烟的权利。后来我才明白，这也是惩罚的一项内容。不过，从那时候起，我逐渐习惯不吸烟了，对我来说，这种惩罚也就徒有其名了。

除开这些烦心事，我还算不上太不幸。再说一遍，问题全在于消磨时间。从我学会回忆的时刻起，我就终于有了营生，一点儿也不感到烦闷了。有时，我就回想我的房间，在想象中从一个角落出发，走一圈儿回到起点，在头脑里计数一路上所碰到的所有物品。起初，很快就计数完毕。可是，每次我重新开始，花的时间就长一些。因为，我要回忆每件家具，回忆每件家具中所装的每件物品，回忆每件物品的详细情况，回忆物品的详细情况包括每个镶嵌、每个裂纹、每个边角的毁损，以及涂什么颜色，是什么纹理。与此同时，我又力求这个清单次序不乱，毫无遗漏。这样回忆几个星期下来，我只要历数一下我那房间里的东西，时间也就打发过去了。我越这样追忆，越多被忽略和已被遗忘的东西，就从我的记忆中被发掘出来。于是我憬悟到，一个人哪怕在世上仅仅生活过一天，进了监狱也不难度过百年。他有足够的记忆可供追寻，不会感到烦闷。从某种意义上讲，这也是一种特权。

还有睡眠的问题。一开始，我夜间睡不好觉，白天根本不睡。后来逐渐好转，夜晚睡得着，白天也能睡一睡。可以说在最后几个月，每天我能睡上十六至十八小时。因此，我也就剩下六小时要打发了，用在吃喝拉撒上，用来回忆和阅读那个捷克斯洛伐克人的故事。

说起来，我在草垫和床板之间，发现了一张旧报纸，几乎粘贴在草垫的衬布上，已经发黄，差不多透明了。报上刊登着一则社会新闻，开头部分缺失，故事看来发生在捷克斯洛伐克。一个男子离开了捷克的一座村庄，要去发财致富。过了二十五年，他发了财，带着妻子和一个孩子回家乡。他母亲和妹妹在家乡的村子里开了家客店，他想给母亲和妹妹一个惊喜，就把妻子和孩子留在另一家旅馆，只身回家。进了门，母亲没有认出来。他想取乐，还要了一间客房，亮出了自己身上带的钱财。为了夺取他的钱财，到了深夜，他母亲和妹妹用铁锤将他打死，把尸体扔进河里。次日早晨，他妻子登门，还不知道发生了变故，讲出这个旅客的真实身份。母亲自缢身亡。妹妹投井而死。①

---

① 这正是加缪的一部剧作《误会》的故事梗概。

这个故事，我反复看了有几千遍。一方面，这种事很怪诞，令人难以置信；另一方面，却又极其自然。不管怎样，我觉得那名旅客有点儿咎由自取。人生绝对当不得儿戏。

就这样，我困了就睡觉、回忆、阅读这则社会新闻，昼夜交替，日复一日，时光不断流逝。我早就在书中读过，人关在监狱里，久而久之就丧失了时间的概念。然而，这对我没有多大意义。我还不明白在多大程度上，一天天可能既漫长又短暂。生活起来当然漫长，可是最终又相互浸透了，从而混杂起来而丧失各自的名称。只有"昨天"或"明天"这样的字眼，对我还保留一点儿意义。

且说有一天，看守对我说，我入狱已有五个月了，他这话我相信，可又不理解。在我看来，不断涌现在我牢房里的，无疑是同一天，而我所做的也是同一件事。那天，看守走后，我对着铁饭盒照了照脸，觉得即使我强颜笑一下，我在饭盒上的形象也依然很严肃。我拿着饭盒在眼前摇晃。我笑一笑，饭盒上映现的还是那副严肃而忧伤的样子。白天结束了，到了我不愿意谈论的时刻，这是没有名称的时刻，在一片寂静中，监狱里升起夜晚的嘈杂声。我走近天窗，借着最后的亮光，再一次凝视自己的形象。我总听见自己说话的声音。我听出来了，这声音在我耳畔已经回响了好多日子，我这才明白，在这么长时间里，我一直在自言自语。于是，我想起了妈妈葬礼那天女护士说过的话。是的，真叫人无所适从，谁也想象不出监狱里的夜晚是怎样的情景。

三

其实真可以说，刚过了夏天，很快又到了夏天。我知道，天气乍热，气温升高，就会有新情况发生了。我的案子安排在重罪法庭最后一轮庭审来审理，这一轮庭审将于六月内结束。案子开始公开辩论时，户外骄阳似火。我的律师向我保证说，辩论多不过两三天。他还补充道："况且，法庭也得加速审理，因为您的案子不是这轮庭审中最重大的案件。紧接着还要审一桩弑父案。"

早上七点半钟，他们就来提我了，囚车将我押送到法院。两名法警把我带进一个阴凉的小房间。我坐在一道房门旁边等待，隔着房门听得见谈话声、呼唤声、挪动椅子的声响，以及一片骚乱的嘈杂声，让我联想到街区的节庆：音乐会结束之后，大家一起搬开座椅，给大厅里腾出地方好跳舞。法警告诉我，必须等待开庭，一名法警还递给我一支香烟，让我谢绝了。过了片刻，他问我"是不是心里很慌"。我回答说"不"。从某种意义上讲，我甚至挺感兴趣，要看一看审案的场面，我这一辈子从来没有这种机会。"不错，"另一名法警说道，"但是，看多了也就烦了。"

又过了一会儿，审判庭里响起了微弱的铃声。于是法警给我卸下手铐，打开房门，把我带上被告席。审判大厅爆满，座无虚席。尽管拉着窗帘，有些地方还是透进了阳光，空气已经很憋闷了。窗户全关上了。我坐下来，法警守在我的两侧。这时候我才看见前面有一排面孔，他们都盯着我：我明白了，他们就是陪审员。但是我说不清他们之间有什么差异，当时我只产生一种印象：我上了有轨电车，面对一排乘客，所有这些不相识的乘客都窥视着新来者，以便看出他身上的可笑之处。现在我深知，当时那种联想十分幼稚，因为这是法庭，他们寻找的不是可笑之处，而是罪行。不过，看起来区别不大，反正我就是萌生了这种想法。

大厅门窗紧闭，又坐满了人，我不免感到有点昏头昏脑。我又扫视一眼法庭，任何面孔都辨认不清。现在想来，我一开始没有意识到，所有这些人都蜂拥而至，都是来看我的。平时，根本没人注意我这个人。必须动动脑筋我才能想明白，我正是这种热闹场面的缘起。我对法警说："人真多呀！"他回答我说，这是报纸连篇报道的效果；他还指给我看在陪审员下方，聚在一张桌子旁边的一伙人，并且对我说："他们在那儿呢。"我便问道："谁呀？"他又重复一遍："报社的人。"他还认识其中一名记者。这工夫，那名记者看见他了，便朝我们走来。此人已经有一把年纪，样子挺和善，那张脸不时做个怪相。他特别热情地同法警握手。这时我注意到，大家都在相互致意，彼此打招呼，交谈起来，仿佛到了一家俱乐部，同一个圈子里的人又相聚，都非常兴奋。我也弄清自己何以产生了这种奇特的感觉：我在这里是个多余的人，有点儿像个不速之客。然而，那名记者却笑呵呵地跟我说话，对我说他希望我的事儿都会顺利解决。我向他表示感谢，他还补充道："告诉您吧，您这案子，我们还稍微炒作了一下。夏天，是报纸的淡季。只有您这个事件，还有那个弑父案，还能够吸引人。"然后，他指给我看，在他刚离开的那伙人里，一个活像一只肥胖的白鼬、戴着黑边大墨镜的矮个儿的家伙。他告诉我，那人就是巴黎一家报社的特派记者："不过，他可不是专为您来的。但是，报社既然派他来报道那桩弑父案，就要求他兼顾您的案子。"说到这里，我差一点儿又要向他表示感谢，可是忽然想到，这样未免显得可笑了。他亲热地向我打了个手势，便离开了我们。我们又等待了几分钟。

我的律师身穿律师袍，被许多同人簇拥着到庭了。他朝那些记者走去，同他们握手，一起打趣，说说笑笑，那样子真可谓无拘无束，直到法庭上响起铃声为止。于是所有人各就各位。我的律师走过来，同我握手，嘱咐我回答问题要简短，不可主动发言，余下的都由他来替我打理。

我听见左侧有人往后移动椅子，扭头看到一个细高挑儿的男人，戴着夹鼻眼镜，仔细搂起红色法袍坐下去。他就是检察官。执达员宣布开庭。与此同时，两台大电扇开了，嗡嗡转起来。三位法官，两位身着黑袍，另一位身披红袍，拿着案卷走进法庭，快步走向俯瞰大厅的审判台。

身披红袍的法官居中坐到扶手椅上，摘下直筒无边高帽，放到面前，拿手帕拭了拭他那窄窄的秃脑门儿，这才宣布开庭审案。

记者们已经开始执笔在手了，他们人人都是同样一副冷漠的、略带嘲讽的神态。不过，他们当中有一个人年轻得多，身穿灰色法兰绒制服，扎一条蓝色领带。他把笔放在面前，目光凝视着我。从他那张五官不很端正的脸上，我只注意到一双非常明亮的眼睛：那双眼睛聚精会神地审视我，却丝毫没有流露出明确的表情。于是，我产生一种奇特的感觉：我在自我观照。也许正因为如此，还因为我不懂得审案程序，我就不大理解随后所发生的一切了，譬如什么陪审员抽签，庭长向律师提问，向检察官提问，向陪审团提问（每次提问，陪审员的头都转向审判台），快速宣读起诉书，我倒听出了一些地名和人名，然后再次向律师提问。

这时，庭长说要传唤证人。执达员念了几个人的名字，引起了我的注意。从刚才还一片模糊的旁听席人群里，我看见一个个证人站起来，由边门出去，有养老院院长和门房、托马斯·佩雷兹老头、雷蒙、马松、萨拉马诺、玛丽。玛丽还微微向我打了个充满焦虑的小手势。我尚在奇怪怎么没有早些发现他们，忽听又念到最后一个名字。塞莱斯特站起身，我认出坐在他身边的那个矮小的老太婆，在饭馆里见过。她仍然穿着那件收腰上衣，仍然一副干脆而果断的样子。她目不转睛地盯着我。但是，我没有时间细想，庭长就发话了。他说真正的庭辩即将开始，他认为无须要求听众保持安静。他声称自己在这法庭上，就是不偏不倚的态度，引导一个案件的辩论，并且愿意客观地审查这个案件。陪审团将按照正义的精神做出判决，不管怎样，哪怕出现极其微小的干扰，他也要休庭静场。审判大厅里越来越热，我看见旁听的人都用报纸扇风。这就形成持续不断的摩擦纸张的沙沙声。庭长打了个手势，执达员立即拿来三把草编的扇子，三位法官接到手便扇起来。

他们随即开始审问我了。庭长向我发问，语气很平和，甚至让我觉得带着几分亲切，他还是让我报出姓名和身份，我虽然颇为恼火，但是心想，其实这是相当自然的，因为把一个人错当另一个人来审判，那后果就太严重了。接着庭长开始复述我的供词，每念三句话就问我一声："是这样吧?"每次我都回答："是的，庭长先生。"完全按照律师对我的指导。这个过程时间很长，因为庭长复述的内容很详尽。这段时间，记者自始至终都在记录。我感觉到那个最年轻的记者，以及那个木偶似的矮小女人注视我的目光。有轨电车上坐成一排的陪审员，脑袋都转向庭长。庭长咳嗽一声，翻阅案卷，摇着扇子转身面朝我。

庭长对我说，现在他要涉及几个问题，表面上看似与我的案子无关，而实际上很可能关系密切。我明白他又要提起我妈妈，同时感到这事烦透了。他问我为什么要把妈

妈送到养老院。我回答说，那是因为我没有钱雇人看护并
服侍她。他又问我这样做是否有损个人感情。我便回答，
无论妈妈还是我本人，都不再期待从对方那里得到什么了，
也不寄希望于任何人，况且我们母子二人都已经习惯了各
自的新生活。于是庭长说他无意揪住这一点不放，又问检
察官是否还有问题要向我提出来。

检察官朝我半转过身，并不正眼瞧我，声称他得到庭
长允许，想要了解我独自一人回到那泉水边，是否蓄意杀
害那个阿拉伯人。我答道："不是。""那么，被告为什么带
着枪，为什么偏偏又回到那个地点呢?"我回答那完全是巧
合。检察官便阴阳怪气地着重说了一句："暂时就问这些。"
随后的情景有点杂乱，至少给我这种印象。不过，庭长小
声同各方商榷之后，宣布休庭，推迟到下午听取证人证词。

没给我时间考虑，他们就把我带走，押上囚车，送回
监狱吃饭。时间安排得很紧，我刚要喘口气，觉得自己累
了，就又来人提我了。一切又重新开始，我又回到了大厅，
又面对原来那些面孔。只有一点不同，大厅里气温要高得
多，仿佛发生了奇迹。每位陪审员、检察官，我的律师，
以及几名记者，也都人手一把草编扇子，仍旧一言不发地
注视着我。

我擦了一把流得满脸的汗水，直到听到传唤养老院院
长上庭做证时，我才对这地点和自身恢复一点儿意识。有
人问他，我妈妈是否抱怨过我，他回答"是的"，但是他又

说，他那里的老人都有点儿这种怪癖，抱怨自己的亲人。庭长请他说具体点儿，妈妈是不是指责过我把她送进了养老院。院长还是回答说"是的"，不过这次他没有补充什么。他回答另一个问题时，说葬礼那天，他对我的平静态度深感意外。庭长又问他所谓的平静是什么意思。这时院长低头看着自己的鞋尖，说我不愿意看看妈妈的遗体，我一次也没有哭过，下葬之后马上离去，也没有在墓前默哀。还有一件事令他很惊讶，殡仪馆一名职工曾对他说过，我不知道妈妈的年纪。一时间，大厅里静下来，庭长问养老院院长，他所讲的是不是我。院长没听明白问题，庭长就对他说："这是法律规定的。"接着庭长又问检察官，还有没有什么要问证人的，检察官便朗声说道："噢！没有了，这就足够了。"他的声音极其响亮，朝我瞥来的目光得意扬扬，以致多少年来，我第一次产生了想哭的愚蠢念头，因为我感到这些人是多么憎恶我。

这时，庭长又问陪审团和我的律师是否还有问题，然后听取了养老院门房的证词。同其他所有证人一样，门房做证也重复了同样的程序。他从我面前走过时，瞥了我一眼，随即移开了目光。他回答了向他提出的问题。他说我不想见妈妈最后一面，说我抽了烟，睡了觉，还喝了牛奶咖啡。这时候我感到升起的某种情绪逐渐弥漫整个大厅，我第一次领悟到自己是有罪的。庭长要求门房把喝牛奶咖啡和吸烟的情形再讲一遍。检察官看着我，眼睛里闪着嘲讽的亮光。这时，我的律师问门房，是否同我一起吸烟了。可是，检察官却猛地站起来，激烈反对这个问题："这里究竟谁是罪犯？而这种方式又多么卑劣，蓄意污蔑案件的证人，贬低证词，但是证词照样不消减其巨大威力！"庭长说反对无效，要求门房回答问题。老人神态窘迫，说道："我完全清楚当时不该那样做，可是，我不好拒绝先生递过来的香烟。"最后，庭长问我有没有什么补充的。我回答说没有，只想说证人是对的。当时的确是我递给他一支烟。门房于是瞧了瞧我，略显惊讶，又带着几分感激。他犹豫了一下，然后才说道，是他请我喝的牛奶咖啡。我的律师闻听此言，立即得意地大呼小叫，声明陪审团会做出判断。检察官岂能容忍，随即在我们头顶响起雷鸣般的吼声："是的，陪审员先生们定会做出判断，他们也会得出结论，一个不相干的人可以请他喝牛奶咖啡，但是作为一个儿子，在生身之母的遗体跟前，就应该谢绝。"门房回到自己的座位。

轮到托马斯·佩雷兹做证时，一名执达员不得不搀扶着，一直把他送到证人席。佩雷兹说，他主要是认识我母亲，只见过我一面，就是在葬礼那天。法官问他那天我的所作所为，他回答说："各位应该理解，当时我痛不欲生，什么也没有看到，是因为过分伤心才顾不上看什么。因为，当时我肝肠寸断，甚至还昏厥过去。因此，我不可能看到先生。"检察官问他，至少是否看到我哭过。佩雷斯回答说："没有。"于是，检察官也同样来了一句："各位陪审员先生自会做出判断。"我的律师一听便火了，用一种连我都觉得颇为夸张的语气问佩雷兹，他是否看见过我没有哭。佩雷兹回答说："没有。"引得哄堂大笑。我的律师撸起一只衣袖，以不容置辩的语气说道："这就是本案审理的形象：什么都真实，什么都不真实！"检察官板着面孔，拿着铅笔连连戳着他案卷上的一个个标题。

庭审暂停五分钟，我的律师趁机对我说，一切都在往最好的方向发展，然后就听见传唤塞莱斯特出庭为辩方做证。辩方就是我。塞莱斯特不时朝我瞥来一眼，手上不停地卷动一顶巴拿马草帽。他身穿一套新装，只在星期天跟我一起去看赛马时才穿过几次。但是，现在想来，这次他没有戴活领，衬衫的领口只用一个铜纽扣扣住。庭长问他，我是不是他的顾客，他当即回答说："是啊，而且还是朋友呢。"又问他如何看我这个人，他回答说我是个男子汉；问他这话是什么意思，他就声称人人都晓得这是什么意思；问他是否注意到我这个人很封闭，而他仅仅承认我不讲废话。检察官问他，我是否总能按时付饭钱。塞莱斯特笑了，明确地说："这是我们之间鸡零狗碎的事儿。"庭长又问他如何看待我所犯的罪行。这时他双手按住栏杆，看得出来他事先有所准备。他说道："在我看来，这是一件不幸的事。一件不幸的事，大家都知道是怎么回事。这让人无法辩解。没错！在我看来，这是一件不幸的事。"他还要接着讲下去，但是庭长对他说，这样就可以了，并向他表示感谢。然而，他仍站在原地，有点儿发愣，终于声称还有话要讲。庭长要求他简短。他又重复说，这是一件不幸的事。于是庭长对他说："对，当然了。而且我们在这里，正是为了审理这类不幸的事。我们感谢您。"于是，塞莱斯特朝我转过身来，就好像他已经尽心尽力，表现出了极大的善意。我觉得他眼睛放光，嘴唇在颤抖，那样子似乎要问我，他还能做些什么。我呢，什么也没有说，也没有表示什么，但是我有生以来第一次萌生了要拥抱一个男人的愿望。庭长再次请他离开证人席，塞莱斯特这才回到旁听席坐下。

在随后的庭审过程中，塞莱斯特一直坐在那里，身子微微往前倾，臂肘撑在膝盖上，双手拿着草帽，专心听所有的发言。玛丽进来了。她戴着帽子，还是那么美丽。不过，我更爱她长发披肩的样子。从我所在的位置，能看出她那乳房的轻盈，也熟识她那微微鼓起的下嘴唇。她显得非常紧张。庭长开口就问她，是什么时候认识我的。她说是她在我们这家公司工作时认识的。庭长还要了解她跟我是什么关系。她回答说是我的女友。她回答另一个问题时，说她的确要跟我结婚。正在翻阅一份材料的检察官突然发问，她是什么时候同我发生关系的。她说出了日期。检察官则不经意地指出他觉得那正是妈妈下葬的第二天。接着，他就以讥讽的口气说他不愿意追问一种微妙的境况，非常理解玛丽的廉耻，然而（说到这里，他的语调更加严厉），他职责在身，不得不超出世俗之见。因此，他请求玛丽概述我们发生关系那天的经过。玛丽不肯讲，但是顶不住检察官的逼问，就说那天我们去海滩游了泳，去看了电影，又回到我的家中。检察官说，他看了玛丽在预审中提供的证词之后，便查看了那天电影院放映的影片，随即又说玛丽可以亲口说出那场放映的是什么电影。玛丽声音几乎低沉地，如实说了是费尔南德尔主演的一部电影。她讲完了，全场一时间鸦雀无声。这时，检察官便站起身，神情十分严肃，抬手指向我，以一种让我觉得动了真情的声音，一板一眼地沉稳地说道："各位陪审员先生，此人在自己母亲下葬的次日，就去下海游泳，开始不正常的男女关系，还去看滑稽电影寻欢作乐。我不必再对你们说什么了。"检察官坐下了，全场始终鸦雀无声。突然间玛丽放声大哭，她说事情不是这样的，还有别的情况呢，有人迫使她说了违心的话，她说自己非常了解我这个人，没有干过任何坏事。这时，执达员在庭长的示意下将玛丽带走了，庭审继续。

接下来马松出庭做证，几乎没人听了。马松明确地说我是个正派人，他甚至要说我是个老实人。待到萨拉马诺出庭做证，也同样没人注意听了。他回顾说，我对他的狗很好，在回答关于妈妈和我的问题时，他说我跟妈妈已无话可说，出于这种缘故，我就把她送进了养老院。"应当理解，"萨拉马诺说道，"应当理解。"然而，似乎谁也不理解。他也被人带下去了。

接着，就轮到雷蒙出庭做证了，他也是最后一名证人。雷蒙向我打了一个小手势，他开口就说我是无辜的。但是，庭长明确一句：法庭要他讲事实，而不是下判语。请他回答问题。法官要他说明他同被害人的关系。雷蒙趁机就说，被害者恨的是他，自从他扇了那家伙姐姐的耳光就恨上他了。庭长却问他，被害者是不是没有理由恨我。雷蒙说我去海滩，完全是一种偶然。于是，检察官问他，这个事件的缘起，那封信出自我的手笔，又该如何解释。雷蒙回答说，这也是偶然的。检察官反驳道，在这个事件中，偶然对良知犯下种种罪行。他想了解，当雷蒙打他情妇的时候，是不是出于偶然我才没有出面劝阻，是不是出于偶然我才去警察局为他做证，而我做证时所讲的话显然是纯粹的偏袒，是否也是偶然呢。最后，他问雷蒙靠什么谋生，雷蒙回答说当"仓库管理员"，检察官立即向陪审团声明，众所周知，这名证人是个拉皮条的，以色情行当为业，而我正是他的同谋和朋友。这个案件是一个极其卑鄙下流的悲惨事件，更因为有一个道德魔鬼做帮凶而尤其严重。雷蒙想要申辩，我的律师也表示抗议，但是，庭长制止他们，让检察官把话讲完。检察官又说道："我没有多少话要补充的了。他是你的朋友吗？"他问雷蒙。"对，"雷蒙回答，"是我的好哥们儿。"于是，检察官也问了我同样的问题。我瞧了瞧雷蒙，他并没有移开目光。我便回答："是朋友。"检察官这才转过身去，面对陪审团朗声说道："正是这个人，在母亲下葬第二天，就过起放荡的生活，无耻到了极点，只为微不足道的原因，就杀了人，以便摆平一种伤风败俗的纠纷。"

检察官说罢就坐下了。我的律师早已按捺不住，高举起双臂，袍袖滑落下来，露出上了浆的衬衣的皱褶，他高声嚷道："究竟控告他埋葬了自己的母亲，还是杀了一个人？"一语引起哄堂大笑，检察官随即又站起来，身披着法袍，宣称这位可敬的辩护律师一定是太天真了，都感受不到这两件事之间有一种深刻的、悲怆的本质关系。他用力高声说道："是的，我控告这个人怀着一颗犯罪的心，埋葬了一位母亲。"这样一声宣判，似乎大大震撼了全场听众。我的律师耸了耸肩膀，擦了擦满额头的汗水。看来他也动摇了，当即我就明白了，我这案子情况不妙。

庭审结束。我走出法庭上囚车的片刻时间，又领略了夏天傍晚的气息和色彩。在我这流动的监狱的幽暗中，我恍若从疲惫的深渊——听出我所喜爱的城市在我偶尔开心的时刻所有熟悉的声响。报贩在已经放松的气氛中的叫卖声，街心花园最后一次鸟鸣，兜售三明治的小贩的吆喝声，有轨电车在高坡街道拐弯时发出的呻吟，夜幕降临港口之前天空的喧闹，所有这些声响，对我重新构成一条盲人路线，是我入狱前熟知的路线。不错，正是这种时刻，我曾感到开心，那是很久以前的事了。那时候，等待我的总是连梦也不做的轻松睡眠。可是，情况有所变化，我等待第二天到来时，还是回到我的单人牢房。此情此景，正如夏季天空中划出的熟悉的道路，既可通向监狱，也能通向安眠。

四

即使坐在被告席上，听着别人谈论自己，也总归是很有趣的事。检察官和我的律师进行辩论时，可以说是滔滔不绝地谈论我，也许更多涉及的是我这个人，而不是我的罪行。然而，控辩双方的言论，真有那么大差异吗？律师举起双臂做有罪辩护，但认为情有可原。检察官伸出双手，揭发罪行，但认为罪不可赦。不过，有一件事，让我隐隐感到别扭。虽然我心事重重，有时我还真想插言，可是，我的律师总对我说："您不要讲话，这样对您的案子才有利。"在一定程度上，大家好像撇开我来处理这个案件，整个过程我都没有参与。他们并不征求我的意见，就在那里决定我的命运。我不时就要打断所有人的话头，明确说道："请问谁是被告呢？被告才是重要的。我有话要讲！"但是思虑再三，我又觉得无话可说。况且，也应当承认，把心思放在别人身上的兴趣不会持续很久。譬如说，检察官的控词，很快就让我听腻了。正在打动我的，或者引起我的兴趣的，也只有脱离整体的一些片段、一些手势，或者几段议论。

如果我理解对了的话，检察官思想的深处，就是认为我是预谋杀人。至少，他千方百计要证明这一点。正如他本人所说："先生们，这一点我会证明的，我会从两方面证实，首先要以事实耀眼的光芒，其次要借用这颗罪恶灵魂的心理向我提供的证据。"他概述了妈妈死后的一连串事实，历数了我丧母时的冷漠态度：不知道妈妈的年岁，下葬的次日就同一个女人去游泳，又去看电影，看费尔南德尔的片子，最后，又带着玛丽回家。检察官总说"他的情妇"，当时我还没有听明白，对我来说，就是玛丽。随后，他又说到雷蒙的事件。我认为他看事情的方法不乏清晰，他讲的话也挺靠谱。我先是同雷蒙合谋写了那封信，以便把他的情妇引出来，交到一个"品行不良"的男人手里去虐待。在海滩上，是我向雷蒙的对头挑衅，结果雷蒙受了伤。于是，我向雷蒙讨来了手枪，又只身回去使用。我按照心中的盘算，一枪打死了那个阿拉伯人。我等了片刻，"为确保活干得漂亮"，我又连开了四枪，从容不迫，万无一失，可以说经过深思熟虑。"事实就是这样。先生们，"检察官说道，"我在诸位面前重新勾画出事件的线索，此人沿着这条线索走下去，在完全知情的状态中杀了人。我要强调这一点。只因这不是一桩普通的杀人案，不是你们认为的一种不假思索、有些情节可以减轻罪责的行为。此人，先生们，此人很聪明。你们听到他的发言了，对不对？他善于答辩。他深知词语的分量。真不能说他行动的时候，还不知道自己在干什么。"

我听他讲，并且听到他认为我聪明。可是我又不大理解了，一个普通人的优点，怎么就能变成控告一名罪犯的重大罪状呢？至少，这让我深感诧异，我也就不再听检察官讲什么了，直到听他说："他有没有稍微表示些悔意呢？从来没有，先生们。在预审过程中，此人对他的罪恶没有一点儿痛心的表示，一次也没有。"说到这里，他转向我，用手指着我，继续对我大张挞伐，弄得我实在不明白为什么会这样。当然了，我却不能不承认他说得对。我对自己的行为并不怎么痛悔。但是如此激烈的指控却令我骇怪。我很想好言好语给他解释，几乎怀着些许友爱，说我从来做不到真正为任何事后悔。我的心思总是牵挂着即将发生的事情，牵挂着今天或明天。只是他们把我置于这种境地，我当然不能以这口吻跟任何人说话了。我没有权利表现出友爱，没有权利表现出善意。因此，我还是尽量听听，因为检察官开始讨论我的灵魂了。

他说他曾仔细观察了我的灵魂，应该告诉陪审员先生们，他什么也没有发现。其实，我根本就没有灵魂，毫无人性，而维系人心的道德准则，也没有一条能为我所接受。"毫无疑问，"他补充道，"我们也无法谴责他。既然他接受不了，我们就不能怪他缺乏。然而在这个法庭上，宽容的任何消极作用，都应当化为正义的功用，这不大容易，但是更为高尚。尤其是这个人身上发现的这种心灵黑洞，正

转变成社会可能堕入的深渊。"正是在这节骨眼儿上,他又
提起我对妈妈的态度,重复他在辩论中所讲过的话。但是,
他谈论这个话题,比谈论我的罪行要冗长得多,简直太长
了,最后我已毫无感觉,只觉得这天上午酷热难耐,至少
一直到检察官停下为止。他沉吟了片刻,接着又说道,这
次声音低沉而又坚信不疑:"还是这个法庭,先生们,明天
就将审判一桩滔天大罪:一件弑父凶案。"依他之见,这样
穷凶极恶的谋杀,完全超出了人类的想象。他敢期望人类
的正义定会严惩不贷。而且,他要直言不讳,这桩罪恶所
引起的他的憎恶,几乎不逊于他面对我丧母的冷漠态度所
感到的憎恶。同样依他之见,一个在精神上杀害了自己母
亲的人,和一个亲手杀害生身之父的人,都是以同样的罪
孽自绝于人类社会。不管怎样,前者为后者的行为做好准
备,在一定程度上宣告后者的行为,并且使之合理。他提
高声音又说道:"先生们,如果我说坐在被告席上的这个
人,跟这个法庭明天要审判的弑父者同样罪不可赦,我确
信,你们不会认为我的想法大胆得过分了。他也必须受到
应有的惩罚。"说到这里,检察官擦了擦汗水反光的脸。最
后他说,他的职责履行起来很痛苦,但是坚决恪尽职守。
他断言我不承认这个社会的基本准则,也就跟社会毫无瓜
葛了,我不懂得人心的起码反应,更不可能求助于人心。
"我向你们要求这个人的首级,"检察官说道,"而我怀着轻
松的心情,向你们提出这个要求。因为这种职业生涯,我

从事已久，如果说也时而要求处死罪犯的话，那么今天非同以往，我感到这种艰难的职责获得了报偿，得以平衡，并受到双重启迪：一方面意识到要遵从一种不可抗拒的神圣命令，另一方面，这张面孔让我深恶痛绝，我面对这张面孔，除了残暴，什么也看不出来。"

检察官重又坐下，全场肃静了好半天。我又闷热又惊愕，正昏头昏脑。这时，庭长轻咳了两声，语调非常低沉地问我，是否有什么要补充说明的。我是很想说几句，站起身来，一开口就没头没脑，说我不是有意要打死那个阿拉伯人。庭长回答说，这是一种表述，可是到现在他也抓不住为我辩护的要领，因此在听取我的律师陈述之前，最好先听听我来说明我的行为动机。我说得很快，有点儿语无伦次，并且意识到自己挺出丑的。我说当时的行为是阳光引起的。大厅里有人笑起来。我的律师耸了耸肩膀，庭长随即就让他发言了。可是，他却声称时间已晚，而他要讲好几个小时，请求推迟到下午。法庭同意了他的请求。

下午，大电扇还一直搅动着大厅里混浊的空气，而陪审员手上的五颜六色的小扇子，则全朝一个方向摇动，我的律师的辩护词，在我听来似乎永远也讲不完。不过，有一段时间，我听他讲了，只因他说："不错，我杀了人。"接着，他继续使用这种口气，每当说到我时，就总讲"我"如何如何。我感到非常奇怪，便朝一名法警俯过身去，问他这是为什么。他让我别说话，过了一会儿，他才解释说：

"所有辩护律师都这样做。"可是我想，这又是力图把我排除在案件之外，把我压缩成零，在一定意义上取而代之。不过，现在想来，当时我离开那座审判大厅已经很远了。况且，我觉得我的律师未免滑稽可笑。他以被挑衅为由辩护，很快就讲完了，然后也大谈起我的灵魂。但是，他给我的感觉，远不如检察官那么能言善辩。"我也同样，"他说道，"仔细观察了这颗灵魂，然而跟检察院的这位杰出代表截然相反，我却有所发现，可以说显而易见。"他从中看出我为人正派，按时上班，工作任劳任怨，忠于聘用我的公司，受到所有人的喜爱，而且同情别人的苦难。在他看来，我是一个模范儿子，尽心尽力长期赡养自己的母亲。最后，我把老母亲送进养老院，希望她能过上以我的经济能力达不到的舒适的生活。"先生们，我实在奇怪，"他又说道，"竟然围绕着这家养老院大做文章。因为归根到底，如果必须证明这类机构的功能与重大价值，那只需指出正是国家本身予以了资助。"他独独不提葬礼的事儿。我就感到这是他辩护词的一个缺失。所有这些长篇大论，所有这些时日，这样一个小时又一个小时，一天又一天，没完没了地谈论我的灵魂，让我觉得一切都变成了无色无味的水流，让我眩晕。

到头来，我只记得，在我的律师继续发言的时候，一个卖冰的小贩所吹的喇叭声，穿过法院的一个个厅室，从大街一直传到了我的耳畔，引起如潮的回忆涌入我的脑海：

在一种不再属于我的生活中，我曾经找到那些极其可怜、极难忘怀的欢乐，诸如夏天的气味，我喜欢的街区，黄昏时分的某种天色，玛丽的欢笑和衣裙。于是，我在这里所做的无用功，便从心头涌上来，堵住我的喉咙。我只盼望尽快结束，以便回到牢房睡大觉。因此，我的律师最后的高声呼吁，我都没有怎么听见：他说一个诚实的劳动者，因一时的糊涂而失足，陪审员先生们不会不给他留一条活路，他请求考虑减刑的情节，说我已经背负着这桩罪过，要悔恨终身，这是对我的最可靠的惩罚。法庭宣布休庭。我的律师坐下来，一副筋疲力尽的样子。可是，他的同人都纷纷走过来，同他握手。我听见他们说："真精彩，亲爱的。"其中一位拉我做证："嗯，怎么样？"我表示赞同，不过，我的恭维言不由衷，只因我实在太累了。

这工夫，外面天色渐晚，也不那么炎热了。我听见街上传来的一些声响就能推断出薄暮的温馨。我们所有人都在那里等待。而我们一起所等待的事，仅仅涉及我一个人。我再次扫视了审判庭。一切如旧，跟头一天相同。我又跟那个身穿灰色外衣的记者，以及那位木偶似的女人的目光相遇。这让我想到在审案过程中，自始至终我没有用目光寻找玛丽。我并不是把她忘记了，只是事情应付不过来。我瞧见她坐在塞莱斯特和雷蒙中间。她向我打了个小手势，仿佛表示："总算完了。"我看到她那略显不安的脸上挂着笑容。但是，我感到自己的心扉已经关闭，甚至未能回应她那微笑。

全体审判人员回来就座。庭长快速地向陪审团念了一系列问题。我听到"犯有杀人罪"……"预谋犯罪"……"可减轻罪行的情节"。陪审员都出去了，我也被带到一间小屋等待。我的律师前来看我，他的话特别多，跟我说话表现出空前的信心和亲热的态度。他认为整个案件会完事大吉，我坐上几年牢，或者服几年苦役，事情也就了结了。我问他，万一判得太重，是否有机会上诉撤销原判。他回答说不可能。他的策略是辩方不提出结论性的意见，以免引起陪审团的反感。他还向我解释说，不能随随便便不服判决，提起上诉。我觉得这是显而易见的，也就接受了他的观点。冷静考虑一下，这也是理所当然的事。否则，那又得无谓耗费多少公文状纸。"不管怎样，"我的律师又对我说道，"上诉的路是通的。但是我确信，一定会从轻判决。"

我们等了很久，估计有三刻钟。终于响起了铃声。我的律师同我分手时说道："庭长要宣读对控辩双方的评语。要等宣读判决词的时候，才会让您进去。"一阵开关房门的声响。一些人奔跑着上下楼梯，听不出离我远近。继而，我听见审判庭里一个低沉的声音宣读了什么。铃声再次响起，隔离室的门已然打开，迎面袭来的是法庭的寂静，一片寂静。我看到那个年轻记者避开目光时，我产生了一种奇异的感觉。我没有朝玛丽那边望去。时间不容许，因为庭长用一种怪异的方式对我说，以法兰西人民的名义，我将在广场上被斩首示众。我这才恍然明白了我在所有人脸上所看到的表情。我相信那是一种敬重。法警对我的态度格外和蔼。律师的手按住我的手腕。我再也不想什么了。庭长却问我，有没有什么话要讲。我想了想，随后便答道："没有。"于是，我就被带出法庭了。

五

我拒绝接见神父，这已经是第三回了。我跟他无话可说，也不想说话了，反正过不了多久就能见到他。眼下我所关心的，就是如何逃脱上断头台的命运，弄清楚能否绝处逢生。他们给我换了牢房。躺在这间牢房里，我能望见天空，也只能看见天空。我就整天整天观望天空的颜色，从白昼到黑夜色彩的衰变。我头枕双手等待着。我心里不知道琢磨了多少回，那些死刑犯中是否有这样的例子：他们在无情的断头机启动之前，忽然逃脱了，冲破了警戒线，消失得无影无踪。于是我责怪自己，当初怎么就没多注意看看描写处决犯人的作品。人生在世，总应该关心这些问题。人有旦夕祸福，真难说会出什么事儿。我同所有人一样，倒是读过报纸上刊登的报道。但是肯定有专著，我却从来没有兴趣找来看看。我在那类书中，也许能看到讲述越狱的章节。那么我就会了解，在转动的轮子至少有一次停止的情况下，在这种不可抗拒的预谋中，偶然与运气，仅此一次，就改变了某种事态。仅此一次！在一定意义上，我认为这对我就足够了。余下的事由我的心去摆平。报纸经常谈论一种亏欠社会的债，主张必须偿还。然而，这并不能启发想象力。一种越狱的可能性才是重要的。要跳出害人的常规，要狂奔，给希望提供全部机会。自不待言，希望，就是奔跑时，被一颗飞来的子弹击倒在街头。可是，想来想去，这种奢望连一点点可能性都没有，一切都禁止我有这种非分之念，断头台又把我牢牢钳住。

我再怎么善良，也不可能接受这种草菅人命的确认。因为，这种确认所依赖的判决，与判决自宣读之时起坚定的执行之间，存在着一种荒唐的不相称。事实上，判决词不是在十七点钟，而是拖延到二十点钟才宣读的，这就很可能大变样了，而这一判决是由一些更换了内衣的男人做出来的，并且基于法兰西人民（或者德国人民、中国人民）这样一种模糊的概念，我就明显感觉到，这一系列事实大大削弱了如此重大决定的严肃性。然而，我又不得不承认，这种决定一旦做出了，就变得确定无疑了，就跟我的身体狠狠撞击的这面墙壁同样真实存在。

在这种时候，我想起来妈妈给我讲过的关于我父亲的一段往事。我没有见过父亲。我对这个人所了解的全部确切的事实，也许只有当时妈妈给我讲的这段往事，他去看处决一个杀人犯的场面。他有了这样的想法，就感到不舒服了，但他还是去了，回来便呕吐，吐了上午大半天的时间。因此我有点讨厌父亲。现在我才明白，去观看处决犯人是极其自然的事。我怎么就没有看出来，还有什么比处死人更重要的呢？而归根结底，这是一个男人真正感兴趣的事！我若是能有出狱的那一天，只要有执行死刑的场面，一定会去观看。现在我认为我不该想到这种可能性。因为，这样一种念头，感到自己悠闲自在，一天早晨站在警戒线的外面，也可以说站在另一侧，成为围观者，看了之后就可能呕吐，一想到这些，一种掺了毒的喜悦便涌上心头。当然，这样想并不理智。我不该浮想联翩，做出这类假设，因为片刻之后，我就感到冷彻骨髓，于是赶紧钻进被窝里，蜷缩成一团，牙齿咯咯打战，怎么也抑制不住。

自不待言，人不可能总那么理智。譬如说，也有那么几回，我还制定起法案来。我改革刑法制度，特别注意到，关键是给被判极刑的人一次机会。一千次机会哪怕只给一次，也足以理顺许多事情。因此，我认为可以造出一种化合药剂，死囚（我想到的是死囚）服下去便可毙命，这是十拿九稳的。囚犯了解这一点，这也是条件。因为，我考虑再三，心平气和地权衡，还是看到了断头台的缺陷，就是不给受刑者任何机会，绝对不给。总之，一旦判处死刑，就必死无疑。这便是铁案，一锤定音，公认的协议，不能再翻案。如果断头机意外失灵，那就得重新执行。因此，令人讨厌的是，受刑者还得祈祷机器运转正常。这就是我所说的缺陷。从某种意义上讲，的确如此。然而，从另一种意义上看，我又不能不承认，一种好的组织的全部奥秘正在于此。总而言之，死刑犯不得不在精神上进行合作。不出事故，一切正常运转，才符合他的利益。

我也不得不指出，在这些问题上，此前我的看法并不正确，有很长一段时间，我以为——也不知道是何缘故——要上断头台，必须一级一级登台阶上去。我想这是受1789年大革命的影响，我是指在这些问题上，别人教给我或者让我看到的一切影响了我。但是，有一天早晨，我忽然想起报纸上刊登的一幅照片，报道一次引起轰动的处决场面。其实，设施特别简单，断头机就直接放置在地面上，比我想象的要窄小得多。也真够怪的，我怎么没有想起来。照片上的断头机给我印象很深，像一台精密的机器，做工完美，亮晶晶的。人对不了解的东西，总要产生夸张的想法。相反我就应该看出，一切都很简单：断头机和走过去的人，处于同一水平面上。他走到断头机前，就像同一个人会面。这也是令人烦恼的事。登上断头台，仿佛是登天，想象力可以抓住这种幻觉。然而，断头机毁掉这一切，人不声不响就被处死了，未免有点丢脸，但是准确无误。

还有两件事时刻萦绕我的心头，即黎明和我的上诉。但我还是保持理智，尽量不去多想。我躺在床上，凝望天空，竭力对天空产生兴趣。黄昏时分，天空变成绿莹莹的。我再次克制一下，以便扭转思路。我倾听心跳声，实在无法想象这心跳声伴随我这么久，竟会戛然而止。我从未有

过名副其实的想象力，但我仍然设想着心跳声不再延伸到
我的头脑的瞬间情景。然而这只是徒劳，黎明或者我的上
诉还是挥之不去。到头来，我便心中暗道，最理智的做法
就是不要强迫自己了。

　　我知道，他们通常黎明时分来提人。总之，我这些夜
晚总是专心等待这样一天的黎明。无论什么事，我向来不
喜欢猝不及防。一旦出事儿，我更愿意有所准备。因此，
除了白天睡一会儿，夜晚我就不睡觉了，整夜整夜耐心等
待天窗上诞生曙光，最难熬的就是天将亮而未亮的时分[①]，
我知道这正是他们采取行动的时间。午夜一过，我就等待
并窥伺着。我的耳朵从未捕捉过这么多声响，从未辨别出
如此细微的声音。在一定程度上，我甚至可以说，在这段
时间里，我的运气还算不错，始终没有听见脚步声。妈妈
经常说，人走背字也绝不会事事倒霉。我身陷囹圄，对妈
妈的说法深以为然，只因天空出现了彩霞，新的一天溜进
了我的牢房。本来我可以听见脚步声逼近，就可能紧张得
心脏爆裂。即使有最细微的窸窣声，我也急忙冲到门口，
耳朵甚至贴到门上，气急败坏地等待，直到听到自己的呼
吸，又不免惊恐，听出自己的呼吸那么嘶哑，活像一条狗
在喘息，好在我的心脏没有爆裂，我又赢得了二十四小时。

　　整个白天的念头由我的上诉占据。现在想来，我是充

[①]　法国司法惯例，凌晨六点，警察到嫌疑犯家里实施拘捕，这也是突审犯人的
时间。

分发掘了这个念头。我估量所能取得的效果，从我的思考中获得最大的收益。我总是做出最坏的设想：我的上诉被驳回。"好吧，我就死定了。"比别人早死，这是显而易见的。然而，众所周知，这样活在世上也不值当。说到底，我岂不晓得，活三十岁还是活七十岁，这都无所谓，因为不管是哪种情况，还有别的男男女女将活在世上，几千年就是这样过来的。总之，这再清楚不过了。不管是现在还是再过二十年，反正死的是我。此时此刻，我这样推理思考。想到还有二十年要生活，我想法上的这种大跨度的跳跃让我稍微感到局促不安。不过，我只好遏止这种跳跃，不去想象二十年后我又会有什么想法。既然必有一死，那么如何死，什么时候死，也就无关紧要了，这是显而易见的。因此（难办的就是不要疏忽"因此"这个词所表达的推理背后的整个逻辑），我就应该接受我的上诉被驳回的事实。

这时，唯有这时，才可以说我有了权利，能以某种方式谈论第二种假设：我获得了减刑。麻烦的是，我的血液和肉体一阵狂喜，刺痛我的双眼，必须克制一下这样剧烈的冲动。我必须竭力压抑这声欢叫，竭力规劝自己。即使做出这种假设，也必须保持放松自然的态度，以便在第一种假设中，我更可能认命顺从。我还真抑制住了冲动，从而赢得了一小时的平静。这毕竟不可小觑。

恰恰在这样的时刻，我再次拒绝接待神父。我正躺在床上，看天空变成淡淡的金黄色，就猜出这是临近夏日的黄昏。我刚把上诉抛置脑后，得以感受全身血液正常流动，没有必要见神父。好长时间以来，我第一次想到了玛丽。已有好些日子，她没有给我写信来了。那天晚上，我心中不免暗道：也许她厌烦了，不想做一名死刑犯的情妇了。我倒是也想到，也许她病倒了，或者死掉了。这样想也符合事物的规律。我们二人的肉体关系，现在已然断绝，除此之外别无任何联系，彼此也不思念，我怎么可能知道她的近况呢？况且，从这一刻起，我再回忆玛丽，也就与自己没有关系了。她已经死了，我也不再关心她了。我觉得这很正常，我也同样完全理解，我死后就会被人遗忘。他们跟我再也没有任何关系了。我甚至不能说，想到这种情况心里会难受。

恰巧这时候，监狱神父走了进来。我一看到他，浑身不由得打了个冷战。他发觉了，对我说不要害怕。我对他说，他平常不是这个时候来的。他就回答说，这次是完全友好的探视，同我的上诉毫无关系。他坐到我的小床上，请我坐到他身边。我谢绝了。不过，我感到他的态度非常和蔼。

他的两只小臂搁在膝上，坐了好一会儿，低头注视着自己的双手。他那双手纤细，但结实有力，让我联想到两只敏捷的野兽。他慢悠悠地搓着双手，头始终垂着，就这样待了许久许久，一时间我恍若忘记他的存在了。

突然，他抬起了头，目光直视我，对我说道："您为什么拒绝我来探望呢?"我回答说我不信上帝。他想了解我对此是否有把握,我便说我没有必要考虑:在我看来,这不算个重要问题。于是,他身子朝后一仰,背靠到墙上,双手平放在大腿上。他那样子几乎不是在同我说话,他说人有时候自以为有把握,其实不然。我一言不发。他瞧着我,问道:"您是怎么想的?"我回答说是有这种可能。不管怎样,也许我把握不准自己真正感兴趣的事,但是,自己不感兴趣的事,我却完全有把握。他跟我谈的,恰恰是我不感兴趣的事。

神父移开目光,但始终没有改变坐姿,他问我是不是因为过分绝望,才这样讲。我向他解释我并不绝望,只是害怕,这也非常自然。"那么上帝会帮助您的,"他指出,"落到您这样境地的人,凡是我认识的,最后全皈依了上帝。"我承认这是他们的权利。这也表明他们有时间去那么做。至于我,我不需要帮助,也恰恰没有时间去关心我并不感兴趣的事。

这时,他有点儿恼火,双手摆了一下,又挺直身子,抚了抚教袍的皱褶。他整理完了,就对我说话,并以"我的朋友"相称:他这样同我交谈,并不是因为我被判处了死刑;依他之见,我们世人无不被判处死刑。然而,我却打断了他的话,对他说这不能同日而语,而且,无论如何,这不可能成为一种安慰。"当然了,"他表示赞同,"但是,您今日不死,他日也必死无疑。到那时,还是面对同一个问题。您要如何应付这种可怕的考验呢?"我回答说:"到那时,我也会丝毫不差地像此刻这样应付。"

听到这话,他当即站起身,直视我的眼睛。这种把戏我领教得多了。我经常跟埃马努埃尔或者塞莱斯特以此取乐,总的说来,是他们先移开目光。神父也擅长此道,我立刻就明白了这一点:他的眼睛一眨也不眨,他对我说话时,声音也毫不颤抖:"难道您就不抱任何希望了吗?难道您活着的时候,就想着您要完完全全死去吗?""对。"我回答说。

于是,他垂下脑袋,重又坐下。他对我说,他是可怜我。他认为一个人这样生活,是不可能忍受的。而我只是感到,我开始烦他了。我也移开目光,走到天窗下面,肩头倚在墙上。我不太注意听他讲话了,只听见他又开始问我了。他讲话的声音显得不安而急切。我明白他动了感情,也就多用心听了。

神父对我说,他确信我的上诉能够获准,但是我必须卸掉一桩罪孽的重负。在他看来,人类的正义微不足道,而上帝的正义才至关重要。我则指出,正是前者判处了我死刑。他回答我说,即便如此,也并不能洗刷我的罪孽。我就对他说,我不晓得什么是罪孽,他们只告诉我我是罪犯。我犯了罪,就要付出代价,别人就不能再向我提出任何要求了。这时,他又站起来,我便想在如此狭小的牢房里,他若想活动,就别无选择,要么坐下,要么站起身。

我两眼盯着地面。他朝我走了一步，又停住了，仿佛不敢往前走了。他那目光透过铁窗望着天空。"您错了，我的孩子，"他对我说道，"别人可以向您提出更多的要求，也许可以向您提出这样的要求。""什么要求呢？""可以要求您瞧一瞧。""瞧什么？"

神父扫视一下四周，他回答的声音，让我突然发现他已十分疲惫了："我知道，所有这些石头都渗出痛苦。每次看到这些石头，我都深感惶恐不安。然而，我从内心深处了解，你们当中最悲惨的人，也看见过从石头的幽暗处浮现的一张神圣的面孔。要求您瞧的就是这张面孔。"

我产生了一点儿情绪，说一连几个月，我都瞧着这些石墙，我所熟悉的程度，远远胜过任何人、任何东西。很久以前，也许我曾在这上面寻找过一张面孔。但是那张脸闪耀着阳光的色彩、欲望的火焰：那正是玛丽的面孔。我寻找过，但是徒劳无益。现在，已经结束了。不管怎样，这石墙只渗出汗来，我没有看见出现任何东西。

神父一脸忧伤地看了看我。现在我干脆背靠墙壁，额头接住流泻下来的阳光。他讲了什么话，我没有听清。他又疾速地问我是否允许他拥抱我。"不。"我答道。他转过身去，走向另一面墙壁，缓缓地抬手按在上面，喃喃说道："您就是如此热爱这片大地的吗？"我一言不发。

神父背向我站了许久。有他待在眼前，我感到压抑和恼火。我正要请他离开，不要管我，他却转过来，突然爆发，冲我高声说道："不，我不能相信您说的话。我确信您一定盼望过另一种生活。"我回答说这是自然，不过，这比起盼望发财，盼望游泳速度快些，或者盼望自己的嘴长得更好看来，也不见得更为重要。这都是同一类事。可是，他截住我的话头，想要问问我怎么看另一种生活。于是我冲他嚷道："就是我在那种生活里能够回忆这种生活。"紧接着我又对他说，我已经烦了。他还要跟我谈上帝，可是，我却走到他跟前，试图最后一次向他解释，我剩下的时间不多了。我不愿意把这点儿时间耽误在上帝身上。他还尽量转移话题，问我为什么称他"先生"，而不称他"我的父亲"。这话又把我的火儿拱起来，我回答说他不是我的父亲——他到别人那里充当父亲去吧。

"不，我的孩子，"他把手放在我的肩上，说道，"我和您在一起。但是，您有一颗迷失的心，还认识不到这一点。我将为您祈祷。"

这时候，也不知道为什么，我心中有什么东西爆裂了。我开始扯着嗓子叫喊，我还辱骂他，告诉他不要祈祷。我揪住了他那教袍的领口，将我内心里的东西全倾泻到他身上，同时连蹦带跳，掺杂着痛快和气恼。他那样子那么确信无疑，对不对？然而，他确信的那些事，任何一件都不如女人的一根头发。他活着跟个死人一样，甚至不能确定自己活在世上。我呢，看样子两手空空，但是我能把握住自己，把握住一切，比他有把握，我能把握住自己的生命，把握住即将到来的死亡。对，我只有这种把握了。可我至少掌握了这一真理，正如这一真理掌握了我一样。从前我是对的，现在还是对的，我总是对的。我以某种方式生活过，也完全可以换一种方式生活。我干过这事儿，而没有干过那事儿。我没有做某件事儿，却做了另一件事儿。还能怎么样呢？我生活的整个过程，就好像在等待这一时刻和这个黎明：这终将证明我是对的。无论什么，什么都不重要，我也完全清楚为什么。他也同样了解为什么。在我所度过的这荒诞的一生中，一种捉摸不定的灵气，从未来的幽深之处朝我冉冉升起，穿越尚未到来的岁月，而这股灵气所经之处，便荡平了我生活中同样不真实的那些年间别人给我的各种建议。其他人死亡，一位母亲的爱，跟我有什么大关系；神父的上帝，别人选择的生活，他们选中的命运，跟我又有什么大关系。既然唯一的命运注定要遴选我本人，并且随同我也遴选像他那样自称我兄弟的千千万万幸运者。他是否明白呢？所有人都是幸运者。其他人也一样，有朝一日也会被判处死刑。他也同样会被判处死刑。如果说他被指控杀了人，却因为他在母亲的葬礼上没有流泪而被处决，这又有什么关系呢？萨拉马诺的狗和他的妻子差不多重要。那个自动木偶似的矮小女人，跟马松娶的巴黎女人，或者跟我渴望娶的玛丽，都同样有罪。雷蒙和比他更好的塞莱斯特，都同样是我的好哥们儿，这又有什么关系呢？玛丽今天把嘴递给另一个默尔索，又有什么关系呢？他这个也被判处了死刑的人，究竟明白不明白，从我未来的幽深之处……这番话我喊叫出来，已经喘不上气了。不过，看守们已经从我的手中拉开神父，并且向我发出威胁。神父则让他们冷静下来，并且默默地注视了我片刻，满眼都是泪水。接着，他转身离去了。

他一走，我就恢复了平静。我筋疲力尽，扑倒在小床上。想必我睡着了，因为醒来时满脸映着星光。乡野万籁一直传到我耳畔。夜晚的气味、大地的气息和海水的盐味，清凉了我的太阳穴。这沉睡的夏夜中美妙的静谧，如潮水一般涌入我的心田。这时候，黑夜将尽，汽笛阵阵鸣叫，宣告航船启程，驶往现在与我毫无关系的世界。很久以来，我第一次想到妈妈。我似乎明白了，为什么她到了生命末期还找了个"未婚夫"，为什么她还玩起重新开始的游戏。在那边，在那边也一样，在一些生命行将熄灭的养老院周围，夜晚好似忧伤的间歇。妈妈临死的时候，一定感到自身即将解脱，准备再次经历这一切。任何人，任何人都无权为她哭泣。我也同样，感到自己准备好了，要再次经历这一切。经过这场盛怒，我就好像净除了痛苦，空乏了希望，面对这布满征象的星空，我第一次敞开心扉，接受世界温柔的冷漠。感受到这世界如此像我，如此亲如手足，我就觉得自己从前幸福，现在仍然幸福。为求尽善尽美，为求我不再感到那么孤独，我只期望行刑那天围观者众，都向我发出憎恨的吼声。

译后记：局外何人？

李玉民

最难理解的莫过于象征作品。一种象征往往带有普遍性，总要超越应用者，也就是说，他实际讲出来的内容，大大超过他要表达的意思，艺术家只能再现其动态，不管诠释得多么确切，也不可能逐字逐句对应；尤其是"真正的艺术作品总合乎人性的尺度，本质上是'少'说的作品"。

加缪在《西西弗神话》中所表达的这种观点，道出了阅读象征性作品所碰到的最大难题。作者遵循这一美学原则：多讲无益，少说为佳，在作品中留下大量空白，任由读者去猜测。我们读这类作品，思想上也总是纠结矛盾：一方面享受着作者有意无意留出的想象空间，另一方面苦于捉摸不定而又希望作者多透露些信息。不过，更多的信息，只能以这类作品的说明书的形式透露了。因此，加缪在多处做了类似说明。本文通篇都要谈这个问题，不妨先讲一点加缪的语言风格。

加缪有深厚的古典写作功底，语句简洁凝练，往往十分精辟，这里略举一段，实际体会一下：

> 我意识到我离不开自己的时间，就决定同时间合为一体。我之所以这么重视个体，只因为在我看来，个体微不足道而又备受屈辱。我知道没有胜利的事业，那么就把兴趣放到失败的事业上：这些事业需要一颗完整的心灵，对自己的失败和暂时的胜利都无所谓。对于感到心系这个世界命运的人来说，文明的撞击具有令人惶恐的效果。我把这化为自己的惶恐不安，同时也要撞撞大运。在历史和永恒之间，我选择了历史，只因我喜爱确定的东西。至少，我信得过历史，怎么能否定把我压倒的这种力量呢？
>
> ——《西西弗神话》

这类语句，我翻译时下笔就十分滞重，即便引用来重抄一遍，仍旧觉得沉甸甸的，其分量自然源于思想的内涵。语言如此，更有作品中的悲剧性人物，如默尔索、卡利古拉，乃至西西弗、唐璜等，言行那么怪诞，身陷莫名其妙的重重矛盾中，如何给予入情入理的解释，恐怕除了少数专家，包括我在内的绝大多数人都会望而生畏。

记得十来年前，在北京打拼的一位青年导演组织剧班，排练好了五幕悲剧《卡利古拉》,租用北京青年剧场,计划演出一个月。我作为加缪戏剧的译者,应邀出席了最后彩排和首场演出。这群扮演古罗马人的青年演员,似乎领会了这出古罗马宫廷戏的精神,直到演出,包括导演在内,谁也没有向我提出任何问题。他们一个个精神抖擞,表现出北漂青年那样的十足热力,表演特别用心,其忠实于原作的程度,不亚于我的翻译。问题出在散场时,有的观众没有看懂剧情,得知我是翻译便问我,这场戏是什么意思。当时以我对加缪作品的把握,还不能深入浅出地回答不知加缪是何许人的观众,我只好泛泛讲了几句,观众还是一脸疑惑的神情。幸好同去观戏的好友北大教授车槿山在身边,他当场给几名观众上了一堂关于加缪的启蒙课。

我记述这一笔,既赞赏那些青年的勇气,率先将加缪的戏剧搬上中国舞台,虽然还有一点水土不服,但终归算一件小盛事,也因为临场方知,恰当地解释加缪的作品并非易事:《卡利古拉》一出戏尚且如此,遑论加缪的文集!

书名翻译也有学问。譬如《局外人》,原文为 L'Étranger,《法汉大词典》给我的词义是:①外国人;②他人、外人、陌生人、局外人。最后一条显然是有了《局外人》的译法而后加的。最先将 L'Étranger 译为"局外人"的人定是高手,因为只看原书名而不详读内容,首先想到的会是"外国人",或者"外乡人",当然离题太远了。"局外人"含有置身局外的意思,与"局中人""局内人"相反,倒也切合主人公默尔索的状态。其实，原书名在法语中是个极普通的词。而汉语"局外人"则非同一般，译出作者在小说中赋予这个普通词的特殊内涵。不过，话又说回来，中法语言文化毕竟差异极大，尤其抽象的概念，很难找到完全对应、完全对等的，就拿"局外人"来说，照《现代汉语词典》的解释指"与某事无关的人"，这恐怕难以涵盖加缪在哲理小说中使用这个词的意义。因此不免产生一问：局外究竟何人？

加缪第一部哲理小说就用"局外人"来界定默尔索这个人物。尽管在此后的作品中，加缪并没有把具有他的哲学血统的人物统称为"局外人"，但是《局外人》这部小说影响太大了，后来的人物不管叫什么名字，我们总不免认为，他们都属于"局外人"这一族群。因此，如能确认这一族群是什么人，也就等于抓住了加缪哲学最鲜活的成分。

加缪就断言，"伟大的小说家是哲理小说家"，他还列举出几位，有巴尔扎克、萨德、麦尔维尔、司汤达、陀思妥耶夫斯基、普鲁斯特、马尔罗、卡夫卡。他们和加缪有一个共同点，都不自诩为哲学家，却用充满哲理的小说创造出自己的世界而成为伟大的小说家。他们善于将抽象的思想化为血肉之躯，而这种"肉体和激情的小说游戏的安排，就更加符合一种观看世界的需求"。他们的作品，"仅仅是从经验上剪裁下来的一块，仅仅是钻石的一个切面，闪耀着凝聚在内中无所限制的光芒"。这种作品，"既是一种终结,又是一场开端",往往是一种"不做解释的哲学的成果,是这种哲学的例证和圆成"。

加缪讲得再清楚不过了:这种小说是观看和认识现实的工具,是哲学的成果,但是也"要有这种哲学言外之意的补充,作品才算完整"。哲理小说与哲学论著的这种相互依托的关系,我们虽然知道,而由作者出面这样强调,我们就无须多虑了。不过,也不是一路畅通无阻,作者又特意提醒一句:"小说创作也像某些哲学作品那样,可能呈现相同的模糊性。"而这种模糊性,恰恰又是《局外人》这部小说的一个突出特点。也许正因为如此,这部短短的中篇小说,足以引出数不胜数的分析评论文章和专著。因而,要弄清楚局外何人,还得透过小说中的这种模糊性,抓住加缪真正要表达的意思,进而了解他所创造的"局外人"出没的世界。幸好,加缪又来引路了,他在《西西弗神话》中写道:

> 在象征方面,要想掌握,最可靠的办法就是不去撩拨,也不带着定见进入作品,更不去探究那些暗流。尤其是对卡夫卡,必须老老实实顺随他的笔势,从表层切入情节,从形式研读小说。

加缪在谈他如何研读卡夫卡的荒诞作品。既然指出了门道,就不要只看热闹了。照加缪所说,最可靠的办法有三不要：一不要随意撩拨，这意思可就宽泛了，借用时下的字眼儿，就是不要太任性，不要施展望文生义、见微知著、举一反三的本领；二不要带着定见进入作品，抱着定见必然心浮气躁，匆忙质疑，自顾高谈阔论，结果南辕北辙，与作品毫不相干；三不要探究暗流，只因暗流涌动，根本无从探测，反而舍本逐末，难说不会被暗流吞没。要做的就是老老实实，步步紧跟作者的思路，哪怕不大理解。这样还嫌不够，加缪又进一步说明：

> 卡夫卡的秘密，就寓于这种根本性的模棱两可之中。在自然和异常、个体和万物、悲剧性和日常生活、荒诞和逻辑之间，这种恒久的摇摆，贯穿了卡夫卡的全部作品，……就应该历数这些反常现象，就应该强调这些矛盾。

是否可以说，加缪的秘密，也寓于贯穿他的作品的模糊性之中呢？虽然不能生搬硬套，但是荒诞作品之间，即使作者写作风格迥异，也必然带有根本性的相通之处，譬如在自然与异常之间等方面，都同样描述了大量的"反常现象"，都同样表现了重重"矛盾"。这就是为什么加缪特别强调，要想理解荒诞作品，就必须认真看待这些反常现象、这些矛盾，这也正是上段引文的结尾，"从表层切入情节，从形式研读小说"，加缪所说的意思。

现在，我们就从一处表层，切入《局外人》的情节：一声震耳欲聋的脆响，"一切都开始了"。分为两部的小说，就好像故事从此开始，默尔索这个小职员在第一部讲述的日常生活，从此全一笔勾销，顶多能充当一件命案的证明材料。"我明白自己打破了这一天的平衡，打破了海滩异乎寻常的寂静，打破了我曾觉得幸福的平衡和寂静。"随后，他又对着那不动的躯体连开四枪，"在厄运之门上急促地敲了四下"。

"我明白"，这只是默尔索的惯性思维，其实他并不明白，仅仅意识到惹上麻烦，而敲了四下厄运之门，是他最终才明白过来的。第二部的情节，就在不明不白中展开了，起初，似乎没人对他的案子感兴趣，可是不知何故，过了一周，情况完全变了。预审法官面带好奇的神色打量他。这"好奇"里面就大有文章，默尔索被盯上了，只是他还意识不到，也不可能有所警觉。因而，他回答预审法官说，是不是非得请律师，"我认为自己的案子非常简单"。预审法官便微微一笑，说道："这是一种看法……"第二次审讯，预审法官问他是不是个"性格内向、寡言少语的人"。默尔索回答说："事出有因，我从来没有什么重要的话要讲，于是就保持沉默。"预审法官还像上次那样微微一笑，承认这是最好的理由……

两次预审，看上去十分简单，波澜不惊。然而，这正是加缪文笔的高妙之处，于无声处听惊雷，简单中潜藏着复杂的矛盾与冲突。且不说预审法官话里有话，单看他两次"微微一笑"，象征什么，就足够人寻味的了。细品《局外人》中的这种暗笔，堪称奇绝，笔墨之细，隐义之妙，真是妙趣横生，令人无限遐想。我特别欣赏这句古话：哭是常情，笑乃不可测。法官的笑就更加不可测了。

在不明不白的审案当中，还不乏滑稽可笑的场面。预审法官说不找律师，就会给他指派一位。默尔索表示这样太方便了，司法机关连这些具体问题都负责解决，他便同法官一致得出结论：法律制定得很完善。而且对法官这个人，他也觉得"非常通情达理""善气迎人"，要离开审讯室时，甚至想同法官握手，幸好及时想起自己有命案在身。一次次审讯，法官和他的谈话变得"更加亲热"了，甚至让他产生了"亲如一家"的可笑印象；有时法官还把他送到门口，重又交到狱警手里之前，拍拍他的肩膀，亲热地对他说一句："今天就这样吧，反基督先生。"

这种反衬手法的巧妙运用，更加突显了荒诞的效果。而且怪得很，话说得越明确，意思就越模糊。经过数月审理，按预审法官的说法，默尔索的案子"进展反常"。可是确知他不信上帝之后，预审法官对他就没有兴趣了，"事情就再也没有进展了"，已经把他的案子"以某种方式归类了"，还打趣地称他为"反基督先生"。案子进展怎么叫"正常"，"再也没有进展"又从何说起；而案子"归类"似乎很清楚，"以某种方式"，又意味有多少令人猜不透的名堂。

总之,这部《局外人》感觉有点怪异,翻译时觉得很明白,文字典雅,既简练又明晰,可是再读起来,似乎变得令人神经过敏了,仿佛随处都话中有话,并不像表面文字那么简单。而且主人公默尔索,也越来越让人捉摸不透了,他原本就是局外人,还是脚踏局内局外的人,抑或是从局内走向局外的人呢?本来不成问题的事,一读再读反成为问题了。下面引出一小段,看看我是不是有点疑神疑鬼:

> 有时候谈到一般性问题,也让我参加讨论。我的心情开始放松了:在这种时刻,谁对我都没有恶意。一切都显得那么自然,那么按部就班,表演得那么有板有眼,我甚至产生了"亲如一家"的可笑印象。

就拿这段文字来琢磨默尔索这个人物,我们还是回到那声震耳欲聋的枪响,"一切都开始了",能说他一切都明白了吗?恐怕未必。否则,他揣着明白装糊涂,哪儿来第二部这一场场好戏呢?我们不能怀疑他的心情开始放松了,这就表明,他并不完全明白,因而才能不由自主地配合对方演好戏,一时还预测不出他敲响了厄运之门。但是,这段话一连串的表达方式:"显得那么自然""那么按部就班"

"表演得那么有板有眼"，还把"亲如一家"打上引号，称为"可笑印象"，这些足以说明他有清醒的判断。

明白不明白是一回事，但是局外人始终保持清醒。加缪在《西西弗神话》中谈到荒诞人时，有这样一段话：

> 一个富有荒诞精神的人只是判断……他顶多能同意利用过去的经验确定自己未来的行为。时间将激活时间，生活支持生活。在这个既局限又充满可能性的地盘上，他觉得除了清醒，他本身一切都是不可预测的。

荒诞人在有限而又充满可能性的生命中，他本身除了清醒，一切都是不可预测的，这是荒诞人的一大特点。让我们看看默尔索是否具备。在人生的两大问题，工作和爱情婚姻上，默尔索超乎寻常的清醒态度，集中表现在第一部第五节中。老板打算在巴黎开设办事处，有意把这个美差交给默尔索，这样既能生活在巴黎，每年又有出差旅行的机会，认为他年纪轻轻，应该喜欢那种生活。不料他只是淡淡地附和一声"是啊"，内心深处却觉得无所谓。于是老板就问他，是不是对改变生活不感兴趣，他就明确回答说："人永远也谈不上改变生活。"这是默尔索对人生的一种根本认识，而这种清醒的认识贯穿全书的始终，也体现在爱情和婚姻上。女友玛丽问他，是否愿意同她结婚。默尔索回答这对他无所谓,如果她愿意,就可以结婚;玛丽还问他是否爱她,他还是那个话:这毫无意义。

"毫无意义"和"无所谓",几乎成为他的口头禅,用来对许多事情,乃至如工作前程、爱情婚姻这样人生重大问题的表态,显然不近情理,毫无诚意,没有讲出真实的想法,因而被人看成是个"怪人"。粗读这部小说,默尔索也很容易给人留下这种印象,觉得他说话办事不痛快,该讲的话不讲,顾左右而言他。也许正是他这种寡言少语的性格,给养老院工作人员造成误解,也正是他这种不配合的态度,惹恼了办案人员,结果开庭审判时不利的证词和道德审判的气氛,导致出乎意料的重判:以法兰西人民的名义,他将在广场上被斩首示众。庭长宣判完,最后问他有什么话要说。他略一思索,随后便回答:"没有。"为什么无语,这种后果,似乎他自身也有几分责任。

带着这样的疑问细读却发现,在关键时刻,默尔索一反模棱两可的态度,哪怕是对自己不利,也果断地表明态度,甚至断然说"不"。下面就节选一段律师同他的谈话,具体看看在什么情况下他说话有些含混,而到了什么时候又有明确的态度。

"要知道,"我的律师说道,"问您这种情况,我实在难以启齿,但是这又非常重要。如果我找不出理由答辩,这就将成为指控您的一个重要证

据。"他希望我能协助他。他问我，那天我是否
感到难过。

律师告诉他，办案人员调查了他的私生活，还去过马
伦戈的养老院，预审法官获悉他母亲葬礼那天，他"表现
出了无动于衷的态度"。律师无疑凭经验认为，这是个要害
问题，料想检察官会抓住他在母亲葬礼上的表现大做文章。
可见，律师是从专业的角度，也从被告的利益出发，提出
这个不近情理的问题，要求默尔索予以协助。

听到这样一问，我十分惊讶，如果是我不得
不提出这个问题，我会感到非常尴尬。不过，我
还是回答说，我多少丧失了扪心自问的习惯，很
难向他提供这方面的情况。自不待言，我很爱妈
妈，但是这并不能说明什么。所有精神正常的
人，都或多或少盼望过自己所爱的人死去。

默尔索十分惊讶，可是他的回答更让别人惊讶。他说
很爱妈妈，只要接上一句"妈妈死了，我心里当然难过"，
他非但不这么迎合一句，反而话头一转，"这并不能说明什
么"，一下子就勾销了。尤其不该借题发挥，无端将所有精
神正常的人都横扫一下，简直就是不打自招，承认也曾盼
望过自己所爱的人死去。律师的反应可想而知，他当即打

断默尔索的话，焦躁地让他保证，无论到法庭上，还是在预审法官那里，都不要讲这种话。话说到这份儿上，但凡知趣一点儿，应对一声也就算了。然而，默尔索偏不。

> 可是，我却向他解释道，我天生如此：生理的需要往往会扰乱我的情感。安葬妈妈那天，我疲惫不堪，又非常困倦，也就没有留意当时发生了什么情况。我所能肯定的是，我真不愿意妈妈死了。

律师没法满意，便思考一下，帮他出了个主意，可不可以说那天，他控制住了心中自然的感情。默尔索断然拒绝："不可以，因为这是假话。"律师神情古怪，似乎有几分反感，带点幸灾乐祸的口气说，这可能将他置于一种极难堪的境地。他却提醒律师注意，这件事情跟他的案子无关，律师仅仅反驳了一句：显然他从未跟司法机构打过交道。接着，默尔索有这样一段记述：

> 他走时面带愠色。我很想留下他，向他说明我渴望得到他的同情，但不是为了获取他更好的辩护，而是……可以这么说，而是自然而然的事情。尤其是我看出来，我让他很不自在。他没有理解我的意思，对我产生了一点怨恨。我真想明

确告诉他，我跟所有人一样，跟所有人绝对一样。然而，费一番口舌，其实没有多大用处，我也懒得讲，干脆放弃了。

律师的担心不无道理，后来得到开庭审判过程的证实，结果默尔索不仅处境尴尬，还被判了极刑。从上面引述的这段谈话来看，不必详细分析，大体可以判断出，律师讲的每句话都是诚恳的、善意的，而默尔索的回答虽然是只言片语，句句讲的也都是实话，只是欲言又止。这两种真诚态度，却不能在事实上形成合力，最终只能各行其是。默尔索态度暧昧，有些"失真"，盖缘于他欲言又止。不过，这仍然是他清醒的一种表现，他往往认为多解释无益，徒费唇舌，就干脆放弃。他对老板，对女友玛丽也是一样，他那"无所谓"的态度，正是基于他的这种清醒认识：无论做什么，促成事情怎样变化，都"没有多大用处""没有实际意义"。

"没有实际意义"，这是默尔索的真诚与一般人真诚的最大差异。一般人，真诚想提拔他的老板，真心想跟他结婚的玛丽，真正想帮他打赢这场官司的律师，他们都有功利性、动机性。唯独局外人，想要表露的真性情，则毫无动机，毫无功利性。他说"人永远也谈不上改变生活"，既不想巴结老板，欣然接受去巴黎生活的提议，也不愿明确拒绝，拂老板的意。他说可以结婚，但是并不想讨玛丽的欢心,而说不爱她,也同样无意伤害她。他渴望博得律师的同情,只是合乎人之常情,不是为了获取更好的辩护。

不过应当特别指出,默尔索至少在两次关键时刻,断然说"不",则别具深意。一次是初审法官对他这个人发生了兴趣,问他是否信仰上帝,听他回答说不信,就气呼呼地说这不可能,"人人都相信上帝,即使是那些背弃上帝的人",于是百般劝导,还将基督受难像举到他眼前。最终,默尔索还是说"不"。另一次,默尔索被判决之后,一再遭到他拒绝的神父还是坚持到牢房看他,说"人类的正义微不足道,而上帝的正义才至关重要",引导忏悔,还问默尔索是否允许自己拥抱他。默尔索答道:"不。"他是对上帝说"不",也就是对永恒说"不"。这正是加缪给荒诞人下的一种定义:

歌德说:"我的地盘,就是我的时间。"这真是荒诞的警语。荒诞人究竟是什么呢?就是毫不否认,不为永恒做任何事的人。并不是说怀旧对他是陌生之物,但是他偏爱自己的勇气和自己的推理。勇气教他义无反顾地生活,满足于现有的东西;推理则让他明白自己的局限。他确认了自己有期限的自由、没有前途的反抗以及会消亡的意识,便在他活着期间继续他的冒险。这就是他的地盘,这就是他的行动,排除一切判断,只保

留自主判断的行动。对他而言，一种更加伟大的
生活，并不意味着另一种生活。否则就不诚实
了。我在这里甚至不提称之为后世的那种可笑的
永恒。

　　加缪在《西西弗神话》中，一再界定什么是荒诞人，
我认为这一段文字所描述的特点，基本上符合加缪小说和
戏剧里的主人公性格。无论默尔索、卡利古拉，还是《鼠
疫》中的里厄大夫、塔鲁，《正义者》中的卡利亚耶夫及其
战友们，虽然在反抗这个主题上，比较起来还有差异，但
是，他们都大步走在荒诞的路上，发现的第一个真理，就
是"人必有一死，他们的生活并不幸福"。这一场景，在
《卡利古拉》第一幕第四场有精彩的对话。在此顺便多说一
句：在阐释荒诞的主题上，加缪的剧作，包括他的改编剧
《群魔》等，因其人物在场上直接冲突与交锋，即使不是看
戏而是阅读（不要小看经典戏剧的阅读功用），那种论争和
智辩也更加直观，更加扣人心弦。

　　荒诞人掌握了这一真理，就有了清醒的意识，看破了
世界的荒诞与虚假，他们不再相信宇宙间存在更高级的生
命，不再相信能给予人另一种幸福生活的上帝，总之不相
信永恒了，而世人生活在永恒的希望中，无非是把虚假的
骗局当作希望的永恒。这是人生状况二律背反推理的结果。
加缪在分析克尔凯郭尔的哲学，针对他要赋予他的上帝以

荒诞的特性时指出："荒诞，则是觉悟人的原本状态，并不通向上帝……用极荒诞的说法：荒诞，就是没有上帝的罪孽。"真的没有一点儿上帝的容身之地了。

鄙弃永恒，就是彻底承认人生的局限。所谓荒诞人，就是只能与时间同行，须臾也离不开时间的人。荒诞人掌握了一门不容幻想的科学，否定那些追求永恒的人所宣扬的一切。这就意味着没有希望，没有未来，只有在世的时间，只有当下和当下一系列的瞬间。这就是歌德所说的地盘。到死囚房看望默尔索的神父当然不理解，他不无感慨地问："您就是如此热爱这片大地的吗？"随后又问默尔索：怎么看另一种生活。默尔索便冲他嚷道："就是我在那种生活里能够回忆这种生活。"同样，在《正义者》中，要去执行暗杀皇叔任务的卡利亚耶夫，也明确地说："我热爱生活，并不寂寞。正因为热爱生活，我才投身革命。"而更加激进的斯切潘则说："我不热爱生活，而热爱高于生活的正义。"但是不管怎样，他们都实践着尼采的这句话："重要的不是永恒的生命，而是永恒的活力。"

也许没有未来，没有永恒，只有短暂的一生，人生正因为没有意义就更值得一过，人没有了希望，倒意味着增加了不受约束性，这就是加缪所说的，并且体现在他的众多人物身上的"深度自由的缘由"。他们就再也无所顾忌了，周身都焕发出超常的活力，有声有色地运用起一种超越通行规律的自由，默尔索和卡利古拉，这一今一古两个主人公，都放射出了永恒活力的耀眼光芒。

面对打开的重重牢门，死囚默尔索那种神圣的不可约束性，就化作生命的纯粹火焰，在燃尽之前，痛快淋漓地展现了这种反抗的自由。

　　我呢，看样子两手空空，但是我能把握住自己，把握住一切，比他（神父）有把握，我能把握住自己的生命，把握住即将到来的死亡。对，我只有这种把握了。可我至少掌握了这一真理，正如这一真理掌握了我一样。从前我是对的，现在还是对的，我总是对的。……我生活的整个过程，就好像在等待这一时刻和这个黎明：这终将证明我是对的。……在我所度过的这荒诞的一生中，一种捉摸不定的灵气，从未来的幽深之处朝我冉冉升起，穿越尚未到来的岁月，而这股灵气所经之处，便荡平了我生活中同样不真实的那些年间别人给我的各种建议。……既然唯一的命运注定要遴选我本人，并且随同我也遴选像他那样自称我兄弟的千千万万幸运者……

　　卡利古拉也跟默尔索一样，猛然憬悟而掌握了这一真理，但是他贵为罗马皇帝，一旦有了自主判断的行动自由，就必然闹得天翻地覆。皇帝的贴心侍从埃利孔早有预见：

"假如卡伊乌斯（卡利古拉的名字）开始醒悟了，他有一颗年轻善良的心，是什么都要管的。那样一来，天晓得要使我们付出多大代价。"果不其然，三年当中，正如卡利古拉所讲的："我周围的一切，全是虚假的，而我，就是要让人们生活在真实当中！恰好我有这种手段，能够让他们在真实当中生活。"他使用了暴君的手段，教育人们认清世界的残暴与荒诞，逼使他们起来反抗。最终，他对着镜子，讲出这样一段意味深长的话：

> 一切都看似那么复杂，其实又那么简单。如果我得到月亮，如果有爱情就足够了，那么就会全部改观了。可是，到哪儿能止住这如焚的口渴？对我来说，哪个人的心，哪路神仙能有一湖水的深度呢？（跪下，哭泣）无论在这个世界还是在另外一个世界，没有任何东西能与我等量齐观。其实，我明明知道，你也知道呀（哭着把双手伸向镜子），只要不可能的事情实现就成。不可能的事！我走遍天涯海角，还在我周身各处寻觅。我伸出过双手，（喊）现在又伸出双手，碰到的却是你，总是你在我的对面。我对你恨之入骨。我没有走应该走的路，结果一无所获。我的自由并不是好的……噢，今宵多么沉重！埃利孔不会回来：我们将永远有罪！今宵沉重得像人类

的痛苦。

两个生命的终篇，同为荒诞人，却大相径庭。默尔索还沉醉在反抗的激情（即尼采所说的活力）中：一生终于有这么一次，把握住了自己的命运，可以傲视周围的一切了。卡利古拉则不然，他既然醒悟，又握有皇权，就想有大作为，要改造世界，至少改变他周围的世界。他好似征服者，充分感到自己的力量，将这种力量发挥到最高值，但是超越不了荒诞人本身，投身到失败的事业中，根本不可能获取成功。荒诞人面对暴君，卡利古拉的这种双重性，引导他走上歧路，错误地运用了自己的自由：荒诞人卡利古拉对暴君卡利古拉恨之入骨：非正义匡正不了世界，卡利古拉难逃罪责，只因"在反抗者的宇宙中，死亡彰显着非正义，死亡是登峰造极的滥用权力"。

再看默尔索和卡利古拉临终留下的遗言。默尔索的遗言还不失为他那反抗激情的余绪：

> 我也同样，感到自己准备好了，要再次经历这一切。经过这场盛怒，我就好像净除了痛苦，空乏了希望，面对这布满征象的星空，我第一次敞开心扉，接受世界温柔的冷漠。感受到这世界如此像我，如此亲如手足，我就觉得自己从前幸福，现在仍然幸福。为求尽善尽美，为求我不再

感到那么孤独,我只期望行刑那天围观者众,都
向我发出憎恨的吼声。

默尔索像诗人一样享受这一刻。"这座现实的地狱,终
于成为人的王国",不再沉默,而是充满疾恶如仇的吼声。
再看《卡利古拉》的结局:

〔卡利古拉站起来,操起一张矮凳,气喘吁
吁地走到镜子前,对着镜子观察,模拟地向前一
跳,朝着他在镜中同样动作的身影,把矮凳飞掷
过去,同时喊叫:
历史上见!卡利古拉,历史上见!
〔镜子破碎,与此同时,手持兵器的谋反者
从四面八方拥入。卡利古拉对他们一阵狂笑。老
贵族刺中他的后背,舍雷亚击中他的脸。卡利古
拉由笑转为抽噎。众人一齐上手打击。卡利古拉
笑着,捯着气儿,咽气时狂吼一声:
我还活着!

镜子破碎,幻想也随之破灭,起来打击他的人,不是
励志图变的反抗者,而是一群宵小,维护旧观的谋反者。
那阵狂笑的自信,带着唯一的真理走进历史。"历史上见,
我还活着",集中体现了"反抗、自由和激情"的荒诞

精神。

一种命运并不是一种惩罚。默尔索、卡利古拉、卡利亚耶夫等人物，他们深知自己有道理，也就谈不上惩罚了，他们为自主的行为付出了代价，保持了尊严，也赢得了敬重。只有《局外人》中，究竟判处的是什么罪过，还颇为含混。加缪这样概括《局外人》：“在我们的社会里，凡在母亲葬礼上不哭者，都有被判处死刑的危险。”小说中则十分强调：随后又连开四枪，犹如“在厄运之门上急促地敲了四下”。过失杀人判成蓄意谋杀，是对资产阶级司法的讽刺。当初我何尝没有产生过这种看法。其实，默尔索的真正罪过，就是不肯皈依，跟社会较真儿，不配合作假反而较劲。这就是人在荒诞世界中的处境：不反抗则必须顺从，而反抗就得承担后果。

加缪强调的“深度自由”，表现在荒诞人物身上，并不是毫无禁忌。冲破准则，但须恪守自律的道德。卡利古拉没有自律，大肆杀戮，最终认清自己走错了路，他的自由不是好的。反抗荒诞世界，也谈不上肩负使命，只是顽强地反抗自己的生存现状，彰显人的唯一尊严。加缪笔下的人物，如《流放与王国》《堕落》中的主人公，都或多或少有荒诞人的特点。但是，荒诞之路有各种各样偏离的途径。《正义者》中与卡利亚耶夫相对立的人物斯切潘，就宣称他“不热爱生活，而热爱高于生活的正义”，他把杀人当成了一种使命。同样，卡利古拉以改造世界为己任，遵循死亡的逻辑,随心所欲,实施可怕的自由,这些形象都不是道德的教训,只能显示人物的不同姿态。

加缪指出:"一部荒诞作品,并不提供答案。"这表明他的作品不提供答案,那么提供什么呢?提供"真实的东西"。他这样写道:"我寻求的,并不是普遍意义的东西,而是真实的东西。这两者可以不必同步而重合。"但是有的真实的东西,即使同普遍意义的东西相重合,也没有普遍意义,例如荒诞作品,这正是加缪的论断:"一部真正荒诞的作品并无普遍意义。"

既然没有普遍意义,那么如何看待加缪的作品呢?我们还是引用加缪自己的话来说明吧。

> 我们论证的目的,其实就是要阐明精神的行程,如何从世界无意义的一种哲学出发,最终为世界找到一种意义和一种深度。……
>
> ……我们重复一遍,思想,不是一统天下,不是让表象以大原则的面目变得家喻户晓。思想,就是重新学会观察,就是引导自己的意识,将每个形象都变成一块福地。
>
> ——《西西弗神话》

从第一段,我们大致触摸到加缪写作的宗旨:从荒诞哲学出发,最终为世界找到一种意义和一种深度。第二段从分析胡塞尔的现象学入手，重新阐释了思想，虽然对"将每个形象都变成一块福地"不尽苟同，但是加缪摄取了恋世思想。

按照通常的逻辑，人意识到了世界是荒诞的，应该厌世才对，怎么还会恋世呢？但是不容否认，加缪描绘的人物，从古罗马皇帝到当代制桶工人，从俄罗斯十二月党人到阿尔及利亚的法国移殖民，他们虽然都感到生活在流放中，渴望找到自己的王国，但是又无可选择地热爱生活，浑身迸发出来的或者蓄势待发的激情，让我们阅读时往往能深感其热力。这些荒诞人的思想是怎么转过这个弯儿来的呢？下面还是引述。

我们有独立的意识，对生存的环境又表现出强烈认知的渴望，却发现这世界一片混沌，既陌生又非人性。这样，我们便置身于世间万物的对立面，这种境况未免荒诞可笑，但这是明摆着的事实，不能无视并将它一笔勾销。世界和我们的思想之间的这种断裂，究其根本原因，还是我们这意识的反应。我们把握住这种荒诞的现实，坚持这种对峙状态，这就得时时刻刻紧绷着意识，保持清醒的头脑，走在这条干旱荒芜的路上。然而，荒诞特别难以降伏，它明目张胆地回到一个人的生活中，重又找到自己的家园。与此同时，精神往往会溜号，从清醒的不毛之路拐进日常生活，又重游无名氏的世界。不过，人这次回来，却胸怀反抗之心，富有洞察力。曾经沧海，就不再抱有希望了。"这座现实的地狱，终于成为人的王国。所有问题，重又锋芒毕露。抽象的明显事实，面对形势和色彩的抒情退却了。精神的冲突，都具象表现出来，重又在人心找到既可悲又荒唐的庇护所。什么冲突都没有解决，可是又全部改观了。……躯体、温情、创造、行动、人的高尚情怀，在这无厘头的世界中，又将各就各位了。人在这世上，又终将尝到荒诞的美酒和冷漠的面包：人正是以此滋养自身的伟大。"

恋世排除了厌世和弃世（自杀），恋世就是正视荒诞，体验荒诞，一步一步走在当下，在反抗的激情烈焰中行进，尼采就这样写道："显而易见，天和地的大趋势，就是长期地顺应同一个方向：久而久之，便产生了某种东西，值得在这片大地上生活，诸如美德、艺术、音乐、舞蹈、理性、精神，就是某种移风易俗的东西，某种高雅的、疯狂的或者神圣的东西。"加缪引用了尼采《超乎善恶》中的这段话之后，又接着写道："这段话说明一种气度恢宏的道德准则，但是也指出了荒诞人的道路。顺应火热的激情，这最容易同时又最难。不过，人同困难较量，有时也好评价自己。"

加缪笔下的人物，都将这种论述化为每日的行动。这些所谓的"局外人"，谁都没有置身局外，倒是在局内干得风生水起，尤其《鼠疫》中以里厄大夫和塔鲁为代表的那个群体，在艰苦卓绝的斗争中，形成一股影响并带动社会的巨大正能量。这种荒诞精神值得我们敬佩和赞扬。

《西西弗神话》是加缪关于荒诞哲学的最重要的一部论著，在我看来，也是他的哲理小说和戏剧的说明书，有什么疑虑，都可以从这里面找根据。虽为神话，讲的尽是人事，可见世界只有一个，无论神还是人，都离不开这片大地。因此加缪就断言：幸福和荒诞是同一片大地的孪生子。至少是狭路相逢，想避也避不开。加缪将西西弗描绘成荒诞的英雄，这个希腊神话中的永世苦役犯，也许第一次在文学作品中有了如此高大的形象。关于西西弗有多种传说，我喜爱两种。一是西西弗掌握河神女儿被宙斯劫走的秘密，愿意告诉河神，但是河神必须答应为科林斯城堡供水，他为家乡求得水的恩泽，不惧上天的霹雳，结果被罚下地狱做苦役。二是西西弗死后，求冥王允许他回人间惩罚薄情寡义的妻子，他返回世间，重又感受到水和阳光、灼热的石头和大地，于是在温暖而欢乐的大地上流连忘返，不再听从冥王的召唤，结果惹怒了诸神。

西西弗也像普罗米修斯那样，怀着善心为人类谋幸福，也因为热爱这片大地，必须付出代价。加缪还在文中举出索福克勒斯的俄狄浦斯形象相映衬：俄狄浦斯一旦知晓自己的命运，便陷入绝望，弄瞎双眼，讲出一句声震寰宇的话："尽管罹难重重，我这高龄和我这高尚的心灵，却能让我断定一切皆善。"这些以及前面我们着重提到的，都是文眼，值得我们认真发现，尤其作者将这些品质赋予了他的人物。

创作，就等于再生活一次，早年的普鲁斯特，获诺贝尔文学奖的莫迪亚诺，无不如此。加缪还特意指出："艺术作品既标志一种经验的死亡，也表明这种经验的繁衍。"多少人都想试试身手，力图模仿，重复，重新创造现实，仿佛一颗颗星跃上夜空，形成人造的大千世界，不管戴着荒诞的面具怎样过度地模仿，生活在这片大地上的人，最终总能拥有我们人生的真相。

> 一种深邃的思想，总是不断地生成，结合一种人生经验，在人生中逐渐加工制作出来。同样，独创一个人，就要在一部部作品相继呈现的众多面孔中，越来越牢固而鲜明。一些作品可以补充另一些作品，可以修改或校正，也可以反驳另一些作品。

局外何人？至此我们可以回答，就是这个默尔索，也是卡利古拉、里厄大夫、塔鲁、卡利亚耶夫、多拉、《误会》中的玛尔塔……总之，形象"越来越牢固而鲜明"的荒诞人。

下面这段话我们不愿意看到，但是毕竟发生了：

> 如果有什么东西终结了创造，那可不是盲目

的艺术家发出的虚幻的胜利呼声："我全说到
了。"而是创造者之死，合上了他的经验和他的
天才书卷。

1960年1月4日，加缪乘坐米歇尔·伽利玛的车回巴
黎，途中不幸发生车祸，加缪的生命戛然而止，"合上了他
的经验和他的天才书卷"。